枕水而居

不如/自在/过生活

简儿——著

人民交通出版社股份有限公司
China Communications Press Co.,Ltd.

图书在版编目(CIP)数据

枕水而居：不如自在过生活 / 简儿著. —北京：人民交通出版社股份有限公司，2019.12

ISBN 978-7-114-15816-2

Ⅰ. ①枕…　Ⅱ. ①简…　Ⅲ. ①散文集—中国—当代　Ⅳ. ①I267

中国版本图书馆CIP数据核字（2019）第187115号

书　　名：枕水而居：不如自在过生活　Living By Water
著 作 者：简　儿
监　　制：邵　江
策　　划：李梦霁
责任编辑：李梦霁
特约编辑：刘楚馨　陈力维　苗　苗
营　　销：吴　迪
责任校对：张　贺　宋佳时
责任印制：张　凯
出　　版：人民交通出版社股份有限公司
地　　址：（100011）北京市朝阳区安定门外外馆斜街3号
网　　址：http://www.ccpress.com.cn
销售电话：（010）59636983
总 经 销：北京有容书邦文化传媒有限公司
经　　销：各地新华书店
印　　刷：北京盛通印刷股份有限公司
开　　本：880 × 1230　1/32
印　　张：8.75
字　　数：143千字
版　　次：2019年12月　第1版
印　　次：2019年12月　第1次印刷
书　　号：ISBN 978-7-114-15816-2
定　　价：46.80元

序

枕水而居：做无用之事，度素年锦时

我的故乡是水乡，童年的我，经常在小河边游荡和闲逛。折一枝芦苇，制成短笛，吹出婉转清丽的曲子。用大头钉弯成鱼钩，以苍蝇和蚯蚓为诱饵，鹅毛管做浮子，钓叉条鱼。浮子动了，鱼上钩了，迅速拎起钓竿，只见小河上闪过一道银白色的光，是鱼儿在飞。

江南的房子，白墙黑瓦，沿河而筑。下雨天，雨水滴答滴答从瓦楞上落下来，洇到白墙上，水墨画一样。青石板的台阶，一半在岸上，一半淹没到小河里。小河边淘米、洗衣的女人，弯腰蹲在台阶上，背影又美丽又贞静。

枕水而居，这是我最熟悉、亲切的生活。也是我所热爱的生活。这更是一种我一直想要拥有的生活。

故乡有个湖，名字叫“麟湖”。每次回故乡，我都会去麟湖边走一走，那里有一片很大的水域。有着秋色涟波，波上寒烟翠的古典意境。有落日与晚霞的奇景，亦有大雪覆地的苍茫之境。

春天，水上撒了菱秧，一片青碧可喜。夏天，菱花开了，香远益清。穿蓝印花布的姑娘划着菱桶去采菱——这是画上的风景。

我家门前，有一大片荷塘——一个安徽人，租了我家的水田种藕。夏天，荷花亭亭，幽香袅袅，宛如人间仙境。而我，亦不知自己是仙境里的人。

村子里的人，仍过着不知有汉，无论魏晋，古朴诗意的日子。

早上，绿意蒙蒙，沁人心脾，一片清新的雾霭笼罩在田舍、瓦屋顶上。湿漉漉的空气，裹挟着泥土的芬芳，你可以听到一株植物在奋力发芽，生长的声音。你也可以倾听一朵花在努力绽放。呼啦啦，呼啦啦，她嘟起小嘴巴，鼓足劲儿，“嘭”一下开了。

植物是神灵。一株草、一朵花里亦居住着一个宇宙。它们优雅、从容，自在、欢喜。与其在城市的夹缝里艰难求生，不如活成乡野一株自由摇曳的小草。我深深地呼吸了一口新鲜空气，尽力让五脏六腑的污浊之气排空，思索起来。

是啊，只要我愿意，便可以归来，投入故乡的怀抱，当一个快乐的乡下人。在江南，这一片诗意的土地上，枕水而居，延续一个千年的梦。

在城市里奔波、打拼，那种996的生活，并不适合我。川流不息的汽车，熙攘奔跑的人群，令我感到惶恐、不安，并且心生畏惧。

当我焦虑、烦恼、紧张、不安的时候，只要回到故乡，吹一缕温暖的风，听一声婉转的鸟鸣，焦虑、烦恼、紧张、不安的心情忽然放松下来。一颗心顿觉妥帖、安稳。

我终于明白了：故乡才是我的桃花源。

乡下日月长，一日当两日。

住在乡下的日子，缓慢而闲散，亘古而悠长。

大自然是最神奇的疗愈师，可以治愈我们内心的顽疾，都市人的焦虑和抑郁。总之，当我回到乡下，一切似乎都不一样了。

感觉身体里好像有什么东西在苏醒。呵，是一粒种子，悄悄从泥土里钻出来，探出小脑袋，好奇地张望着这个世界。这里的一草一木，一花一世界，皆为我所熟悉。而我却像初次见到它们一样，内心充满了无法言喻的喜悦、欢乐。

我爱每一株树上的果子。

每一朵花绽放的笑颜。

每一个黎明和夜晚。

我爱古老的屋檐，满天的繁星。床前的一片月光，以及月光下的事物。

我爱那一条终日喧响、唱着欢歌的小河。

我想让时光慢一点，再慢一点，甚至停驻下脚步。倾听一缕微风，一声鸟鸣，一树一树的花开。

乡下的蔬菜、瓜果，吃了风霜雨露，有一股子大自然的山野之气。住在乡下的人，与草木居于一起，同饮风霜，共沐雨露，在精神上会更加乐观、豁达、开朗一些。

那么，就从现在开始吧。让我们从一草一木、一蔬一食里感悟生活的真谛。尽可能过一种简单、朴素、自在、喜悦的生活，去热爱、拥抱每一个日子。

好好生活，清简度日。说到底，无论饮食、生活，还是简单朴素为好。简单的食物，朴素的生活，予人的慰藉是最深的。一个人若是把每一个琐碎的日子当成良辰，过得甘之若饴，那么世上没有什么事可以令他不快乐的。

一颗心忽然淡泊、通透了，明白了一个人若是可以平平淡淡、快快乐乐地过一生，即是最大的福祉。

一生中最重要的事情，不过是取悦自己。赏赏花、看看云、喝喝茶、读读书，东游西逛，做无用之事，度素年锦时。

人生不乐复何如?

愿与君同乐，欢喜常在。

目　录

[第一辑]

我把活着欢喜过了

[第二辑]

温一壶月光下酒

[第三辑]

每一个琐碎的日子都是良辰

[第四辑]

人生有什么比自在和欢喜更要紧

愿从今日始，立下草木之志，清简度日，好好生活。

第一辑 — 我把活着欢喜过了

/ 荷花颂

记不得在哪里看到过一道菜：明湖嫩荷叶。取的是新鲜的荷叶，卷起来，切成一个个小卷，上面放一朵丁香萝卜刻的花。

想着什么时候去乡下看荷花，采新鲜的荷叶，也做一做这道菜。

嫩荷叶可食。老了的荷叶，包裹一只土鸡，可以做荷叶鸡；炒一炒，可以做荷叶茶。

我家的三亩水田，被一个安徽人承包了种荷花。夏天荷叶团团，荷花亭亭，宛如古典的意境。

我爸隔两天即回去一趟。说是在城里待着无聊，乡下热闹。荷花开得热闹，鸡鸭热闹，蝉鸣蛙唱热闹，桃树挂了一树果子也热闹。

有那么多热闹的东西在，心便不会觉得孤寂。

想来真是如此，住在乡下的日子，从不觉得孤寂。一个人徜徉于乡间小径，一颗心自有清浅的喜悦。而带来这喜悦的，是迎面吹来的一阵风、头顶飘过的一朵云，是草叶上的露珠，是一层一层连绵起伏的稻浪，也是荷塘月色。

在城里住久了，只觉一颗心变得钝了、锈了，听觉、视觉都不那么灵敏了，对四季与风物的变化也不那么熟悉了。幸好有我爸这个使者，一次次与我描绘乡下的图景：山芋藤插扦下去了，玉米长缨子了，香瓜拳头大了，地卜（瓠瓜）挂了一屋檐。

今年种的是葫芦卜，沿着我家猪圈的上檐，一只只挂下来。像挂了一个个葫芦，煞是好看。

我爸隔两天背一蛇皮袋蔬菜到我家，骨碌骨碌倒在客厅的地砖上：地卜、黄瓜、番茄、玉米、青椒、丝瓜……好比把一个夏天的菜园子搬到了我家。吃不掉，楼上楼下去敲门，分赠给邻居们。

我爸说，远亲不如近邻。我爸又说，你们城里人哪，成天价绷着个脸，好似别人欠了你钱。

有一次，我爸在电梯里遇见个邻居，立马从蛇皮袋里掏出黄瓜、茄子塞到他手里，说是乡下自家种的，让他尝尝。那个人笑嘻嘻接过去，冲我爸叽里咕噜说了一通。我爸一句也听不懂，后来才知，那是个韩国人。

后来韩国人带着两个女儿坐电梯，小女孩齐声冲我爸喊，爷爷好。我爸乐呵呵的。

荷花开了，一大片荷花像穿了粉红色裙子跳舞的小姑娘。我爸晓得我爱荷花，折了几枝花苞，放在蛇皮袋里。倒出来时，还沾着露水呢。插到清水瓶子里，屋子里宛如住了一个夏天。

不知是荷花的幽香，还是父亲的慈爱，让我的心暖暖的、柔柔的、酸酸的、甜甜的。

我爸说，闺女，抽空回乡下去看荷花、摘桃子。今年的荷塘比往年开的花多。今年的桃子比往年的大。

我爸悉心呵护那几株桃树，桃子刚结果子时，掐掉了很多小桃子，因此结的桃子又大又红。

桃子实在结得太多了，一天不吃饭，只吃桃子。我爸笑嘻嘻地说，吃桃子养人咧，王母娘娘的仙桃嘛。

恐怕这个时节，嫩荷叶是吃不上了。藕带也没有了。

看华诚的《草木滋味》，里面写到藕带。什么是藕带呢，就是荷花尚未开时，托举它的那一根长长的嫩茎。

据说折了嫩藕带腌制成泡菜，酸酸辣辣，极其下饭。

藕带我没吃过。

莲藕呢，倒是吃过不少。

每次吃莲藕，就会想起童年去外婆家的夏天。傍晚回来的路上，忽然下了一场雷阵雨。我们去荷塘边一户人家躲雨。那户人家的女主人端出一盘莲子、两节新藕，送给我们吃。

不知什么缘故，那两节藕格外好吃，甜甜的，脆脆的。我一直忘不了那户人家的女主人，她的脸团团的，慈眉善目，有观音像。她对一个小女孩的馈赠，不只是两节莲藕，亦是岁月的馨香与温柔。

而我之所以那么爱荷花，想来并非是无缘无故的吧。

/ 茭白、菱角与莲藕

我的故乡是水乡，几步就有桥，上学放学须走过四五座桥。桥下有河，河中种了荷花、菱角。

到了夏天，荷花绽放，菱花也开了，丝丝缕缕的香气缭绕不绝。一座小镇好似裹在香气里。

盛夏，烈日炎炎，菜园子一片寂静。黄瓜、番茄、丝瓜都晒得蔫掉了，人也有些燥热不安，食欲不振。这辰光，就去荷塘里挖几只莲藕，采一盆菱角。

夏天吃点菱角和莲藕，可以吊胃口、去暑气。

新鲜的莲藕，切成片，水里焯一焯，放点酱油、醋拌一拌，吃起来极其清脆爽口。

菱角，春天时撒了秧子，浮在水面上。到了七八月份，开出白色的细碎的菱花，结出淡青色的小青菱。

小时候顽皮，拿一只竹篙去小河边捞菱角，养在屋檐下的一只水缸里。另还捞了小鱼、小虾。于是这一只屋檐下的古老的水缸，忽而有了水墨画的幽远与雅致。顽童的性子亦一日日变得沉稳、宁静。

这些小青菱，长大了以后两头圆圆的，像一只只元宝，即是闻名于世的南湖菱。传说当年乾隆皇帝下江南，吃的菱角还是两头有尖的，不小心被扎到手，于是龙颜大怒，从此湖中的菱角不复长角。

夏日黄昏，菜市场门口蹲着一个个妇人，面前菱桶里是刚刚采下来的菱角，碧青色，剥开一个生吃，甜津津、脆生生。

隔了夜的螃蟹有毒，隔了夜的菱角吃起来不复清甜，并且怎么也煮不烂了。不知这又是何故。

我妈说，凡是清水里长出来的东西，像菱角、莲藕，还有茭白，须采了马上吃。

茭白也是夏天的菜。我尤其爱吃一道茭白肉丝。茭白切成丝，与豆腐干、肉丝一起清炒。小时候，一次中午去做客（吃上梁酒），因下午要上课，等不及吃酒席，就让厨子端出几个凉菜，炒一盘茭白肉丝。凉菜并不怎么吃，只埋头于那一盘茭白肉丝。

吃罢，喜滋滋地去上学。奶奶惋惜着，我家小橘子今天没吃到宴席。奶奶不知道，我实在比吃了宴席还开心哩。

那一个厨子，刀工真是出神入化，切的茭白丝极细极匀，又加了一大勺猪油，一盘茭白肉丝的滋味吃起来真是天下无双。

我家门前的水沟里也种了茭白。碧青色的叶子，似一柄柄剑。风吹过，发出“沙沙沙”的声音。

远望那一片茭白，像芦苇荡，又似青纱帐。我妈拿一柄镰刀去割茭白，剥去青叶，养在水缸里，犹如白玉浮于镜中。那几只茭白，令寡淡的童年，有了遐想与绮思。

我已经有很多年没吃到茭白了。据说现在的茭白施了化肥。总之，有很大的毒性。哪里敢去买来吃！

前不久去一个葡萄园。那个种葡萄的人，引着我去院子里一个葡萄架旁。那个架子上的葡萄，结得又小又稀。

葡萄园的主人摘了一串请我尝，并跟我说：这葡萄不施一点化肥，绿色无公害，专供自家吃的。

据主人自曝内幕：那些大棚里的葡萄，三天两头施药水、膨大剂，一个个长得巨大如乒乓球。人吃多了会引发囊肿、肌瘤等病症。

噫，除了化肥，水质、土壤也已经被污染。故乡的小河，再不似从前那般清澈了。几爿石桥，映在水上，如映在一面浊黄色的铜镜中。镜中一切，皆沉寂无声。

而我，亦只在这夏日的空调房里，遥遥地想念茭白、菱角与莲藕的滋味罢了。

/ 无花果

去菜市场买五花肉。肉店的老板娘睡在竹榻上，头顶悬一架电扇，嗡——嗡——，一圈圈缓慢地旋转着。五花肉放在冷冻柜里，老板娘取出一条，电子秤上一称，放到砧板上，切成大块。

一溜排小店，门口皆挂了遮阳的布帘子——黑的，花的，恍若回到小时候的夏天，有一种悠久之美。

肉店隔壁是一家水果店，隔了一道竹帘子。帘子那边传来一个小女孩的声音：爸爸，我要吃果果。小女孩奶声奶气，拖着长长的调子。想来里面有一张木板床，铺了竹席，爸爸带了女儿在午睡。女儿刚刚睡醒，嘟起小嘴，和爸爸撒娇呢。

女人在外面忙碌，货架上摆着西瓜、水蜜桃、葡萄、蜜梨，还有无花果，皆是夏天应季的水果。我瞅着无花果个儿大大的，紫紫的，遂挑了几个。女人很麻利地称好递给我。

我打了快车，车子还没来，遂在店里等。店里开了空调，凉快得很。女人说，开空调是怕水果坏。水果太容易坏了，西瓜隔两天柄就枯掉了，水蜜桃、葡萄也都十分娇气，隔几天就熟透了、烂掉了。夏天水果生意不好做哪。女人叹了口气。

那个小女孩，仍在屋子里拖着长长的调子“唱”着：爸爸，我要吃果果。爸爸不答应，她就一遍一遍“唱”。

冗长的夏天，一家小小的水果店，这柔和甜美的声音仿佛天籁，慰藉了人世的艰辛与劳苦。

那家水果店的花布帘子，似乎比别的店更绚烂。走过的人，不免受到了花布帘子的诱惑，推门走进来。就我在店里的这么一会儿，就进来了三五个人，有三个都买了无花果。

水果店的女人说，无花果退热，夏天多吃一些好。

无花果是我这两年喜欢上的水果。小时候吃无花果并不觉得好吃，只觉味道寡淡，有一股青草气。人至中年，却喜欢上了无花果的滋味。这朴素的、淡淡的青草气，正是光阴的滋味。

那个夏日，街上偶见一个挑着担子卖无花果的妇人。紫紫的无花果摆在竹筐里，上面覆了草叶。那妇人头上覆了花头巾，穿一件素净的短褂。

也有卖莲蓬的。那个卖莲蓬的人，脸色黝黑，通常是傍晚时分，从荷塘里摘了莲蓬，骑了电瓶车到城里，坐在马路边的树荫底下叫卖。

那个卖莲蓬的人，仿佛把一个夏日的荷塘，带到了城里。那个卖莲蓬的人，说着好听的乡音，招揽顾客。而我见了莲蓬，只觉无比亲切、熟稔，忍不住思乡之情大发。

用十块钱买三个莲蓬，就是拿回家不吃，摆在书桌上也很好看。

我妈说，就你忒矫情，放假了也不晓得回一趟乡下。殊不知，从放假到现在，一直忙着培训、单位疗休养，送孩子上兴趣班，洗衣煮饭，还真没一刻闲下来过。

我妈说，要不这个礼拜回去一趟？可我一听天气预报说台风要来了，遂又打起了退堂鼓。

大热天，顶着烈日送女儿上兴趣班，趁女儿上课的当儿，自己一个人去泡咖啡馆。

木桌子上一杯摩卡星冰乐，还有几只无花果。是我从咖啡馆门口走过的一个妇人的担子里买的。那个妇人说，这无花果是乡下自家院子里种的，结了满树果子，吃不掉，摘了到城里卖。

若是不摘也就烂掉了——妇人怀着怜惜之心。而我，吃到了这妇人亲手种的绿色无公害无花果，亦得到了妇人的慈爱、体恤与怜惜。

无花果干，很多年前我在瓶山公园旁的一个茶室吃到过。记不得去茶室见什么人了，只记得服务员端上来一壶菊花茶，一碟无花果干。那是我第一次吃到无花果干，嚼起来甜甜的、沙沙的，只觉犹如吃了蜜一样，满口香甜。

我已好多年不去瓶山公园，想必那个茶室也不在了吧。

生命中很多人，很多事，皆已走远。唯独记忆，仍牢牢地盘桓在心中。呵，几只紫紫的无花果，再一次把记忆中那个遥远的夏天，带到了我的眼前。

/ 芋艿排骨汤

外面热浪滚滚，屋内冷气飕飕。买回来一些芋艿，一块排骨，洗了砂锅，煲一锅芋艿排骨汤。

芋艿，小时候经常吃的东西。不知什么缘故，我喜欢吃根茎状的食物：土豆、番薯、芋艿、山药，还有荸荠。这些东西，皆从泥土里刨出来，沾着泥土的芬芳，吃起来亦甜甜的、糯糯的。

小时候，祖母在屋后辟了一小块水田，种了一畦芋艿。夏天，芋艿长出淡绿色的茎，擎着一顶顶华盖。

芋艿的叶子与荷花有些相似，然而乡下的孩子，一眼就能区分哪个是荷花，哪个是芋艿。荷花比芋艿更富诗意一些。然而芋艿的叶子像一把盾，更有兵气，持在手中，可挡“敌人”的矛（小孩子玩打仗的游戏）。

一场雷阵雨，小孩子纷纷把芋艿的叶子覆在头顶上，在大雨里跑过来跑过去。

雨停了，在青龙湾的草甸上空，隐约出现了一道彩虹。有时是两道，叫双虹。祖母说，看见双虹的人会交好运。于是乎看见双虹的人心里喜滋滋的。

不知为什么，小时候洗过芋艿以后，手上会发痒。然而明知会发痒，仍用力去搓那一篮子芋艿。小时候吃过的苦，并不是白白吃的。长大了的我们，遇事隐忍、坚韧，但凡身体、心灵上再遭受什么苦，只需咬一咬牙就过去了。

把芋艿洗净，放在蒸锅里蒸熟，剥去皮，一个个糯米团子似的。排骨放清水里焯一焯，放在砂锅里大火烧开，再用小火慢慢炖。

时光忽而变得悠长曼妙。

想起二十多年前，在平湖念书时，经常和萍去鲁家里蹭饭。鲁的小公寓洒扫得一尘不染，客厅里靠墙摆了一张沙发，铺了碎花垫子。

餐厅内，摆着一张木桌子、四把木椅子。木桌子上插着一束鲜花，有时是玫瑰和百合，有时候是一束飞蓬、一把雏菊。

那时候，我和萍不过十六七岁，窝在客厅的小沙发上读小说，鲁在厨房里煲一锅芋艿排骨汤。

记忆中，鲁有一只砂锅，上面绘了一朵大红色的牡丹。

砂锅扑哧扑哧作响，重复而单调，衬得周围格外有一种静。

鲁是宽厚的老师，亦是温柔的姐姐。与鲁亦师亦友已有二十余载。

镜头切换到二十年以后，一张木桌子。桌上一只水晶花瓶，瓶中一束百合。那馥郁的香气，仍绵绵不绝地从时光里传来。

一转眼，我从一个青葱少女，变作中年妇人。呵，尘满面，鬓如霜。豪情壮志皆无。只醉心于布衣素食、简静生活，一日三餐。

一个上午，不过煲了一锅芋艿排骨汤。但凡炖点什么，若钻进书房，最后总会误了一锅汤，于是乎抱一本书坐在客厅的沙发上，守着砂锅。在扑哧扑哧的响声中，忽而想起了前尘往事，只觉浮生如梦。

中午喝芋艿排骨汤，女儿赞道：妈妈，你的汤煲得不错。不过，比起鲁老师大妈妈，还差一点火候哦。

小孩子是吃客，好坏一尝便知。

鲁煲的芋艿排骨汤，雪白浓稠，味道绝佳，恐怕天底下再也没有第二个人可以煲出那样一锅汤。这么多年，我煲了无数锅芋艿排骨汤，不及鲁的十分之一。

有时候我想，艺术要天赋，煲汤也是。

煲汤的时候，一个人内心柔和平静，一锅汤就能煲出平淡冲和的滋味。

急急忙忙，毛毛躁躁，是煲汤之大忌，亦是艺术之大忌。

一个人若是一生只煲一道汤，便可以出神入化。那么一个人一生只做一件事呢，会不会在自己的能力范围以内，把这件事尽可能做得臻于完美呢？

/ 一碗甜酒酿

清晨被一阵叽叽喳喳的鸟叫声唤醒，伴随着呼啸的风雨声……台风过境，气温骤降，室外不过二十六七度。

早餐，一碗白粥，两片面包，还有一碗甜酒酿。

甜酒酿是自己酿的。从小区门口八闽超市买的苏州甜酒药，煮饭时略多煮一些，做一碗甜酒酿。

拿刀柄把酒药拍碎，碾成粉末，撒到饭里拌匀，中间挖一个小孔，再盖上一块纱布，放置一天一夜。揭开纱布，米饭发了酵，沁出晶亮的汁液，沿着小孔注入温开水，隔几个小时，一屋子皆是甜酒酿的香气。

我爸讶异道，你怎么会做甜酒酿？

小时候祖母教的呀。

祖母教过我许多事情：生炉子，裹粽子，织毛衣，印糖糕……许多事情以为忘记了，其实并未曾忘记。好比做甜酒酿，简直是下意识的。按照祖母的法子，至于一碗米饭放多少酒药，完全凭的是感觉，然而不偏不倚，不差丝毫。

三十载时光飞逝而过，祖母早已仙逝，只是这一碗甜酒酿，滋味仍如当年。

岁月悠悠，总有一些东西不会消逝，不是吗？故乡的风物、故人的情谊，犹如一碗甜酒酿，经历了漫长的时光，有了醇厚的滋味。

昨日去赴草之约，在老佛爷旁一家花影日料店。

日式榻榻米上，两个人盘腿而坐。点了樱花寿司、日本炸豆腐、烤鱼、海鲜火锅……每一道菜，无不好看精致。烟灰色绘了树叶的盘子，亦有清简之气。

我们用餐的包厢，名字取得雅，曰“桂”。还有梅兰竹菊各种以花为名的包厢。花的影，人的影，夜的影，月的影，良辰与美景，皆在此中了。

草和我点了草莓味汽水，一人执一瓶。玻璃瓶口，嵌了一颗弹珠，摇一摇叮叮当当，发出恬然悦耳的声音，有小女孩的稚气，亦有岁月悠久之美。

与草一个月见一两次，有时更长久一些。已经过了小女孩天天黏糊在一起的时候。然而并不觉得彼此有疏离，所谓情谊大抵如此。常相见亦如初相见。

一个人的名字常如其人或者其运。草的名字，亦如她的人，自然纯粹。草说，自己骨子里是一个情感比较疏淡的人。挚爱亲情，亦予人约束与羁绊。人一旦心中有了牵挂，就会生出执念，顽固植入你的意识里，继而会令自己感到不自在、不自由、不舒服。所以，应尽可能地让自己无牵无挂，自由自在，像草木一样安静、喜悦、平和且从容。

自由的生命，不应是囿于一方幽暗狭小之地，而应是一步步走向沉稳与辽阔之境。

“优秀的人像火焰，和他们在一起久了，就再也不想回到平庸和黑暗。”

在朋友圈看到梦霁发的这句话，细思深以为是。

那一束火焰，足以照耀我们平淡的人生，抵挡岁月的砂砾、时光的侵袭。

此刻，又是新的一日。我坐在咖啡馆落地窗前一张木桌旁。窗外风雨交加，屋内平和安静。

愿从今日始，立下草木之志，清简度日，好好生活。

/ 青菜面疙瘩汤与藕

小时候的夏天，祖母做酒酿包子，剩下一点点面粉，便顺手做一碗面疙瘩汤。把面粉搅至糨糊状，灶口塞一把柴火，把水烧开，用调羹一勺勺把面糊舀下去，再撒一把切碎了的青菜叶。一个个雪白的面疙瘩很快浮在青碧的菜叶上，犹如一幅画。

一片落了白霜的田野、水杉树、古老的斜阳，亦如一帧帧画面。

然而再也回不到那样的时光里去了。

那一碗面疙瘩汤，倒是一想起来，就勾出了肚子里的馋虫。

现在什么好东西吃不到啊，不过只是因了一个念想、一段记忆、一种情怀罢了。

那天与友人在一家小饭馆吃饭，特地点了一份藕饼、一碗面疙瘩汤。藕饼涂了面粉，炸至金黄，吃起来脆脆甜甜。

小时候喜欢吃藕，因为藕长得白净、好看。一截藕，藏在脏兮兮的淤泥底下，奇怪的是只要挖出来，洗一洗就干净了，一点泥都不会沾上。

藕切开来的横截面很好看，像一朵花。霜花、雪花、藕花，总之都是很别致的形状。

长大了以后，我仍喜食藕，秋日去逛菜场，总是买一截藕。藕切成薄片，水里焯一焯，拌点糖和醋，酸酸甜甜的很好吃。藕里灌糯米、白糖，放在电饭煲里煮上半天，即是又甜又糯的糖藕。

夏日的餐桌上有一道藕，只觉得这一顿饭吃得清气满乾坤。

藕也可制藕粉。外婆去世前，什么也不吃，只吃一小碗藕粉。那一碗藕粉晶莹如果冻状，原是给小孩子吃的。外婆老了，什么东西也吃不下了。这时候的她变成了一个“小孩子”，于是也只好吃起小孩子的食物了。

藕有红花藕和白花藕两种。红花藕开的是粉红色的花，结的藕瘦长，褐黄色，吃起来干巴巴的。白花藕开白花，结的藕又长又大，且脆嫩多汁。

承包我家水田的那个安徽人，种的就是白花藕。前几日回乡下，一人多高的荷花，把一个小村庄裹在了里面，仿佛世外桃源。人也隐没在其中，仿佛与世隔绝了起来。

连我妈这样大字不识几个的农妇也忍不住赞叹道：白荷花真香啊。

白荷花，应是一个女人的名字，并且应有一个动人的故事。

难得回乡下，每次回去，都像给身体和灵魂做了一次疗愈。

山中日月长，一日如小年。乡下的时光，亦是如此。在不同的地方，人们对时间流逝的感受是不一样的。譬如有一年去临安，穿行在天目山郁郁葱葱的原始森林中，只觉那一日时光，抵过平时的两日、三日。

回到乡下，耳畔不闻汽车、公交车喇叭，以及其他各种喧哗之声，只听得窗外几声鸟鸣，叽叽叽，喳喳喳，丝毫不觉吵闹。探出窗子一看，只见几只麻雀单脚立在电线杆上，像跳动的五线谱。

院子里的丝瓜架，垂下一条条青丝瓜。青丝瓜老了，荷塘里的白荷花凋谢了，莲蓬也枯了。枯枝横七竖八伏倒在水田上，如一幅枯山水。

秋蝉和小虫子的鸣声渐弱，趋于沉默。

万物静默如谜。

真是一生中最好的时光。

大抵人至中年，到了人生之秋，心境也愈发散淡平和起来。

其实人心与天地、万物、宇宙，亦步亦趋，相互契合、交融。春花秋月，骄阳白雪，只是因了不同的时令。

余今亦虚岁三十有八，虽不再年轻，亦算不上年老。年轻与年老，只是相对而言吧。十六岁时，见到隔壁三十岁的妇人，以为那已经是一个老人了。还有村子里一个孀居的老太太，七八十岁了，胳膊像一截枯柴，脸皱巴巴的像核桃，遂生出恐怖之心，以为一个人活到那个年纪真是一种耻辱。

然而此时此刻，却觉得三十岁是多么好的年纪。若有一天早晨醒来，揽镜自照，看见那个镜中人变成了一个七八十岁的老太太，那也没什么好可怕的。

/ 盛夏的冰镇酸梅汁

夏天饮冰镇酸梅汁，是一桩很有趣味的事情。买一大包酸梅粉，泡在凉白开里。说是冰镇，实则就是吊在井底下。水井是天然冰箱，什么东西都可以吊下去浸一浸。酸梅汁由于兑了很多的水，喝起来味道并不浓郁，但好歹是酸梅汁呀，总比白开水强。

一人饮一碗，寡淡的嘴巴尝到了甜滋味，顿觉日子也甜了起来。三十年以后，仍贪恋那一点酸酸甜甜，每年夏天必去中药房买一包乌梅回来做冰镇酸梅汁。这一回，真的是冰镇酸梅汁了，从冰箱里取出来，还冒着白气，须晾上一会儿再喝。

夏天有趣味的事，还有穿凉鞋。小时候的凉鞋，是塑料做的。记得我有一双蓝的，一双绿的，硬邦邦的，鞋面上缀有粉红色塑料小花。穿着硬邦邦的凉鞋，踢踏踢踏走在路上，心里觉得美极了。

那两双塑料凉鞋，隔一年拿出来，太小了穿不上了。我妈要扔掉，我舍不得，拿把剪刀剪掉了鞋带，变成了凉拖，踢踏踢踏又穿了一年。

直到现在，我仍旧爱穿那种颜色鲜艳，缀有花朵、水晶的凉鞋。世上的女孩子，大约都有一个灰姑娘的梦。那一双凉鞋，就是一双水晶鞋啊。

夏天有趣味之事，还有许多许多，比如吃棒冰。有一次，我和弟弟走到帽子厂，向我妈要两毛钱，买棒冰吃。我妈在口袋里掏了半天，只掏出一毛钱。一毛钱买一支棒冰，我和弟弟一人一口，轮换着吃。那一支棒冰，是今生吃到的最美味的棒冰。

小时候的棒冰有以下几种：盐水棒冰、奶油棒冰、赤豆棒冰，高级一点的是娃娃雪糕和紫雪糕。娃娃雪糕像一个娃娃，长了两个眼睛、一个嘴巴，吃起来奶油味儿很浓。

紫雪糕外面裹了一层紫色的脆皮，里面是奶油。一个夏天，恐怕吃不到几支紫雪糕吧，于是永远馋那一支紫雪糕。

真想买一打紫雪糕，穿越回去，给那个少年的自己吃个足。

番茄摘下来，浸泡在水盆里。一个个露出青色的蒂，在清水里载沉载浮。吃不掉，做成糖渍番茄。番茄切成瓣，撒了白糖，搁半天，沁出红色的汁液，吃起来蜜一样甜，比水果罐头还好吃。

地里的香瓜也熟了。黄金瓜、绿泥瓜、白梨瓜、老太婆瓜。顶好吃的是白梨瓜，它还有个名字叫“伊丽莎白”，简直甜得不可一世。绿泥瓜稍逊色一些，黄金瓜次之。最次的是老太婆瓜，吃起来酥酥的，简直没啥甜味儿。小孩子瞅都懒得瞅一眼，只有老太婆爱吃，所以才取了这个名字吧。

喝汽水。老街上一爿杂货店，卖橘子汽水。五毛钱一瓶，一只玻璃瓶一毛钱，即刻把汽水喝了，把玻璃瓶还给店家。我和弟弟喝个汽水，不忘了比赛，仰着脖子咕咚咕咚，比谁一口气先喝完。汽水进了肚子，产生一股气，冲出喉咙，接二连三打气嗝，也是很有趣的事。

夏日午后，有西瓜船开到村子里。一个戴草帽的人，挨家挨户叫卖西瓜，“西瓜要伐，包甜包好哦”。那个调子拖得老长，与蝉声一唱一和。小孩子急急扯大人的胳膊，把午睡的大人叫醒，去买西瓜。

我妈跳上卖西瓜的船，拎起一个瓜，用手指弹了两下。

“咚咚”，西瓜发出清脆的声音，是个好瓜。若是发出“噗噗”沉闷的声音，那一定是个烂瓜。我妈会巫术，可以与西瓜谈话。也许世上的动物、植物，都有自己的语言。

西瓜买回来，堆在床底下。到了傍晚，抱一个放到竹篮里，垂下一根绳子，吊到井底下。

吃过晚饭，我妈说杀西瓜了。去井里把西瓜吊上来，我妈手起刀落，一只西瓜切成八瓣，每人取一瓣。隔壁的邻居过来纳凉，也取一瓣吃。众人啃着西瓜，“呸呸”往地上吐着黑籽儿，这情景至今令人难以忘怀。

晚上屋子里太热，把竹床搬了出来，支在晒谷场上。再支一顶蚊帐，恍如星空下的小屋。睡至半夜，月光如水，映在阶前，恍然如梦。

星星一闪一闪，如嵌在深蓝色幕布上的小石子。萤火虫提着一盏盏小灯笼飞过来，飞过去。还有碧绿的磷火，在青龙湾的坟地里一闪一闪。不骗你哦，这就是三十年前故乡的夏夜。

清少纳言说，夏天是夜里最好。白日热浪滚滚，土地快被烤焦了，“滋滋”冒着热气，人走在太阳底下，仿佛蒸桑拿。到了夜里，荷塘呀，月色呀，星河呀，宇宙呀，青蛙的歌声，草叶上的露珠，还有一丝丝的风，从原野上吹拂过来，令人觉得分外清爽。

至于夏日的中午，偷偷从父母的胳膊弯里钻出来，去小河里游水。仰天浮躺在河面上，看天上浮云悠悠。那也是有意思的事。只是有一次，弟弟潜到水底下，憋了一口气，一直到石臼漾才钻出来，大大吓了我一跳。

姑妈的小儿子，就是在石臼漾里淹死的。我妈嘱咐我们万万不可去石臼漾。弟弟越了界，我只好罚他三天不下水。至于我，每天中午监工一样看着弟弟午睡。

我妈纳闷，这俩孩子今天怎么这么老实。话音未落，我和弟弟偷偷钻出屋子，又拆天拆地去了。

/ 响铃青菜

去饭馆点了一道响铃青菜。端上来，青碧的菜，上面覆着四只炸至金黄酥脆响铃似的东西。叮当叮当，仿佛会响起来。

唔，这道菜的名字真好听。

去的是一家小饭馆，墙面绘着植物图片，刷成淡绿色的小包厢，与窗外长夏的草木一样幽深蓊郁。

人到中年，喜欢食素了。大鱼大肉吃不了几口就觉得腻歪，一盘青菜却吃得精光。

去菜市场买菜，走到蔬菜摊前，看到一片青翠欲滴的青菜豆角，脚步就挪不动了。看着那个卖菜的妇人，麻利地称菜，找钱，觉得她的姿态，因了青菜的缘故，亦格外美好起来。

买回来的青菜，洗净、切碎，加点盐揉一揉，清炒，加点水煮一煮。我给它取了个名字，叫白水青菜。

白水青菜，搭配一碗白米饭，不知什么缘故，就是好吃，怎么也吃不餍。也许是因为米是好米——五常稻花香。好的米饭，不用搭配山珍海味，一盘青菜，更能吃出本味。

好比朴素的日子，无须热闹喧哗，一杯清茶就能安度人间好光阴。

一盘青菜，品出了许多滋味：素净、清淡、安宁、平和，也是中年的滋味。

小时候不喜欢吃青菜，嫌味道太寡淡。小孩子的嘴巴，哪里受得了天天吃这么寡淡的东西。况且我妈每顿饭万年不变炒一盘青菜。

菜园子里，一年四季皆有青菜。别的菜吃过一茬，过了一季就没有了，只有青菜永远不老。

那一盘青菜，端上来搁在灰扑扑、油腻腻的八仙桌一角，好比不受待见的小媳妇。可是没法子，饭总要吃下去，只好搛一筷，低头匆匆扒饭。这时我妈总会在一边念叨：吃白饭长白肉，吃青菜会变得水灵。

没办法，一个乡下妇人，为了让孩子好好吃饭，只有想着法子哄骗孩子吃青菜。

青菜也有好吃的时候，过了霜冻，被白花花的霜冻过了，忽然变得格外糯，格外甜。我妈熬了猪油，奶酪一样，搁在碗橱里，炒青菜时放上一勺。于是这一碗白水青菜，有了旷世的滋味。

说到猪油，不免要说一说油渣。油渣是熬猪油时的渣子，金黄酥脆，晾凉了扎在口袋里。这也是童年的我顶爱吃的东西，常捞上一把当零食吃。

记得念师范时，学校门口有一家面店，周末我经常去吃面，吃的是油渣青菜面，一则便宜，二则好吃。那是一间十平方米的小店，几张木桌子。

那个十六岁的少女，脸上还有婴儿肥，穿一件白衬衣，一条黑裙子，安安静静坐在一张木桌子旁。渐渐地，那一帧黑白照片上的少女脸上褪去了婴儿肥，长出了皱纹和白头发。

时光多么迅疾，不过一个转眼，二十年过去了。那过去了的光阴，隔着一面魔镜，镜子里的人只能向前，再也不能回到过去。唯有人的记忆是最好的照相机。

记忆中那一爿十平方米的小店，弥漫着白蒙蒙的水汽。

老板捞一把油渣，撒在锅里。那一碗面条，清汤寡水之上，浮着翠玉的青菜和金色的油渣，还有一只溏心荷包蛋，简直是旷世的美味。

油渣和青菜，一荤一素，正是绝配。

正如响铃青菜覆在青菜上的四只响铃，吃起来脆脆的、油油的，恰好与青菜的寡淡呼应。

童年、少年时吃青菜，不以为美。到了中年，才始知，那一种寡淡的滋味，恰是人生至味。

人生总是平淡的日子居多，哪来那么多华丽？一碗白水青菜，有着朴素的日常和一世久长。

写到这里，忽然想起十岁那年，我从栖真寺旁一户人家的天井里，掘了几株美人蕉，种在门前的菜地里。不久就长出了阔大的叶子，开出了火焰似的花朵，很快侵占了半个菜园子。

有一天傍晚放学回家，看到美人蕉已经被我妈拔掉了一大半。我妈锄那块地种小青菜。我狠狠地和我妈吵了一架，发誓从此不吃小青菜。

只是，等到一畦小青菜长出来时，我早就忘记了誓言。口腹之欲到底还是战胜了审美情趣。呜呼，我乃彻头彻尾一个俗人也。

/ 葫芦卜

晚上做了三个菜：油焖茄子，清炒地卜，还有笋尖冬瓜咸肉汤。

夏天的晚餐，吃得极清淡、俭朴。

茄子、地卜、冬瓜，皆是我爸亲手种的。今年的地卜，是新的品种，葫芦卜，一只只像葫芦似的，挂在屋檐下。背景是灰白色的墙，如一帧明清小品。

我爸种地，犹如写字画画，愈来愈臻于完美之境。

我爸说，存了葫芦卜的种子，明年，在你家花园里也种上几株。再扛一袋乡下的草木灰，搭个架子，到时结几十上百个葫芦卜，好看着哩。

于我爸而言，儿女长大了，从那一个小院子里飞出去了。那些瓜果蔬菜，犹如他的小儿女，受到我爸的恩泽，承欢膝下，一日日长大。

只需三五天，“嘭”一下就长大了。简直有个看不见的人，在冲着它们使劲吹气哩。那天回乡下，我爸指着葫芦卜对我说。

我爸愁的是，结的葫芦卜实在太多了，来不及吃。

于是隔三岔五，摘一大袋到我家，分赠给邻居们吃。再吃不掉，就拿到小区保安室，送给陌生人。

我爸会冷不防拿出一个葫芦卜，对一个经过保安室的老头说，大哥，葫芦卜要哇。那个老头停下脚步，笑嘻嘻接过说，谢谢啦，大兄弟。

两个人像地下党似的，完成了接头暗号。

隔两天，那个老头子来推保安室的门，对我爸说，大兄弟，你种的葫芦卜好吃哩。

我爸说，回去再给你摘几个。

于是，隔两天，这一幕重现。

我爸送掉了几十个葫芦卜。我爸种的乐趣，比吃的更多。

现在，又多了赠人玫瑰，心有余香的乐趣。

我爸说，他们都夸我种的葫芦卜好吃哩。可不是吗，埋的是草木灰，施的是有机肥，况且用的是院子里那清冽的井水浇灌。我爸种的葫芦卜，切成薄片清炒，装在白瓷盘子里，似一盘白玉翡翠。

于是我给葫芦卜取了个名字：白玉翡翠。

这个夏天，几乎顿顿吃白玉翡翠，只觉神清气爽，眉目神情有了柔和、恬淡之意，再不似从前剑拔弩张了。据说，素食者，比起吃荤之人，更加温和笃厚。如此，我更要多吃一些素才好。

夏天还经常吃一例汤，谓之曰：绿肥红瘦汤。丝瓜切段，番茄切块，倒一瓶矿泉水，一小勺矿物质盐。这么清清淡淡的一道汤，不浮半点油花，吃起来却是酸甜爽口。

夏日居家，在水槽边刨葫芦瓜、丝瓜，便是浮生半日。浮生若梦，为欢几何。只是醉心于人间烟火，一日三餐罢了。

岁月亘古，烟火可亲，布衣素食，清简度日，又复何求？

/ 荷花木兰

早上送女儿去上兴趣班，经过小区楼底下一户人家，看见一株树。叶子似铁扇公主手里挥动的芭蕉扇，花朵洁白、硕大。风中频频送来幽香。白玉兰？栀子？皆不像。打开软件扫了扫，跳出“荷花木兰”。

夏来一树白荷香，停留半晌抬头望。真是这个样子呢，我痴痴地伫立在树底下，看了半天。

女儿催促道，妈，快点走吧，不然来不及了。

哦。走着走着，我又看到了好几株荷花木兰。原来这一排行道树，栽的都是荷花木兰。

比起春天的繁花似锦，夏天的花更纯粹、干净，以白色居多。

譬如栀子，白花夹竹桃，还有这荷花木兰。

白色的花，皆有一种清冽的香气，也许是因为颜色素净、淡雅，香味便显得格外浓烈一些。

素净至白，大道至简，青衫尽湿，时光惊雪。

送掉女儿，去了隔壁一家咖啡馆。

服务员端来一杯清水，里面撒了几粒柠檬籽。淡青色的籽，切碎了，浮于清水之上。

柠檬的清香，却格外浓郁了。

一杯柠檬水，似乎就可以安度人间好光阴。

在靠着窗的一个小沙发上，一个人静坐、发呆。落地玻璃窗外，是小城的六月，蓊郁的香樟，还有荷花木兰，浮动的暗香。

一块淡绿色路牌，写了白色的字：新洲路。

离家不过几百米，每日穿梭往返其中，却第一次知道这条路的名字。

世界这么好，因为有你在。

生命的悸动与欢喜，并不因为什么轰轰烈烈之事，只因这平淡琐碎的日子。

昨日收到广西师大出版社走走老师寄来的《日常》手账本，并附了一封信：

亲爱的简儿老师，感谢你的《日常》。那些少女心的文字，那些生命中温暖的细枝末节。

每日看你朋友圈，觉得你实在太可爱太少女啦。祝永远不舍少女心，生活多欢喜。

白色、素净的封面，写了“青白素喜”四个字。

与一朵荷花木兰，多么相配。

浮世清欢，青白素喜。熬了一锅猪油，白白的，奶酪一般，密封在玻璃罐子里。下面条时，舀一勺猪油，放在面汤里，再切一把葱，青的葱末浮在油汪汪的面汤上。一碗素面，也是这样悦目赏心。

赏心只有三两枝，可是已经足矣。人生到后来不过是删繁就简，愈听鼓愈淡。

“我想有一个屋子，屋子里有一扇木窗，看得见窗外四季更替。穿一袭白袍子，弹素琴、阅金经。日影一点一点斜过去，慢慢老去。”

这样古意与轻愁的日子，是我所贪恋的。

譬如这个初夏的上午。只是坐在咖啡馆里翻几页书，看一会儿窗外，发一会儿呆。

日子是素净的，那素净之中亦有淡淡的欢喜。

/ 听取蛙声一片

我爸从乡下带来了一袋蚕豆。

我家的蚕豆，种在屋后的空地上，比别人家的蚕豆晚熟。别人家的蚕豆已经老了，我家的还嫩生生的。

我爸坐在小凳子上剥蚕豆。剥好了，又剥豆瓣。

我也坐下来剥，把剥下来的豆壳套在手指上。这是小时候惯常做的。一刹那，仿佛回到了小时候。黄昏光景，坐在廊檐下的小竹椅上，温柔的炊烟，从村子上空袅袅地升起来。

我爸说，晚上吃豆瓣炒薹心菜。薹心菜也是自家缸里摸的，装在一只玻璃碗里。

还有藕，刚从荷塘里挖上来的，上面还沾了淤泥。

掰了一节藕，刨去皮，切成片，倒一勺橄榄油，清炒，撒一点香葱。

一顿素食，两样小菜，亦吃得有滋有味，安然喜悦。

故乡的风物，是世上最美之物。

故乡的那一缕炊烟早已消散，然而那温柔、抒情的时光仍缱绻在梦中。

梦里不知身是客。

万籁俱寂的夜，于城市的钢筋水泥房子中醒过来，听到远处汽车的轰鸣声，只觉在幻境里。

偶尔几声蛙鸣，也不知是真实的，还是梦境里的。呱呱呱，呱呱呱，隔了很久，隐约有了稀稀拉拉的应和声。

想起小时候乡下，白茫茫的水田，刚插了淡青色的秧苗。照青蛙的人，脑袋上顶了个手电筒，悄无声息地出没在田埂上。

呱呱呱，呱呱呱，照青蛙的人寻声靠近，那些“乡村音乐家”忽然喑哑了嗓子，集体沉寂下来。

一只青蛙，与照青蛙的人对峙，刚回过神来，想要跳开。那个照青蛙的人，迅疾把青蛙罩住。

青蛙落入了照青蛙人身上的竹篓里。那个刹那，那只青蛙一定感到了惊恐、悲怆和绝望。

集市上出现了那个照青蛙的人，一溜绿皮青蛙，挤挤挨挨在塑料脸盆里。有人来买青蛙，那个照青蛙的人现杀青蛙，剥皮抽筋。

可怜的青蛙，剥了皮的身体，还在那里一鼓一鼓，看得人心惊，冷汗直冒。

小区楼底下有一个荷塘。初夏，一片团团的荷叶，浮在淡绿色的水波上。

荷花还未绽放。但那意境是古老、悠远的，令一颗心安静下来，继而欢喜。

想必那一片蛙声，不是梦境，而是真真切切地从这一片荷塘里传出来的。

说到荷塘，总是想到月色。

有一年，去新叶古村。那个古村，处处是荷塘。夜宿一农户家，吃过晚饭，朦胧的月光底下，一拨人走在荷塘边。荷叶亭亭，荷花灼灼，宛如一个温柔的梦。梦境中，那采药的男子，一个名字叫许仙的，采了一枝荷。众人打趣，回去送给白娘子啊。那老实、木讷之人，脸蓦地红了。这是我唯一一次看见一个男人会脸红。我总觉得一个寡言、木讷的人，是一个深情之人。而巧言令色者，大多是负心汉。也许这只是我的偏见。

我家门前，也有一片荷塘。

已经许久不曾回乡下了，久到忘记了我家门前有一片荷塘了。浑浑噩噩度日，简直不知今夕何夕，今世何世。

直至我爸捎来的一节藕，才惊觉，时令已经初夏，小半年又过去了。

这时节，白茫茫的水田，又要插秧了吧。我家的三亩水田，只剩下了一亩。我爸一个人种田，一个人收割，把稻谷轧成白花花的大米，背到城里。

我与乡下，既亲且疏。吃着我爸从乡下送来的米与菜，想着一年之中竟难得回去几趟。

故乡的人，我已许久不见。

故乡的事，我亦惘然不知。

故乡的蛙声，我也很多年未曾听见了。

很想找个周末，回乡下住一个晚上，去听取蛙声一片。

所见之物，皆是好物；所遇之人，皆是好人。

第二辑 — 温一壶月光下酒

/ 无患子

有个同事的母亲，闲来无事捡了一堆无患子，晒干，用锥子一个个钻了小洞，再用红丝线串起来当手串，说是可以护佑平安。

同事送了我一串，挂在手腕上。

不知为何，自从戴了这串无患子，一颗浮躁的心变得安静、澄澈了。做什么事情也都出奇的顺利起来。也许潜意识里觉得，冥冥之中得到了神灵的庇佑。

一个人的情绪，实在很重要。情绪好，运气自然也好了，诸事和顺。

只是洗澡时，要取下手串。植物的果实啊，想着泡在水里久了，会不会发芽，长出叶子。

一件物品，朝夕相处，终日陪伴，就不仅仅是一件物品了。它不仅沾染了你的气息，仿佛与你的灵魂也相融在一起。

无患子，据说有个名字叫“鬼见愁”。依佛经所记，只有菩提无患子念珠，才可以带给持用者无量倍的福报。戴在身上，可以驱逐五脏六腑的浑浊之气，亦可以去掉邪火和邪气。

这一串无患子，成了我的珍爱之物。

以为无患子树是稀罕的树，却不知小区楼底下种着好些。那天去散步，走过灌木丛，灌木丛上罩了一层黑布（给灌木丛防晒）。

风一吹，淡黄色的细碎的花朵簌簌掉下来。以为是香樟，凑近一闻，并无香气。转念一想，这时节，香樟花早就开过了。

那是什么呢？抬头一望，只见树上垂挂着一串串花穗，那些细碎的花朵正是花穗上掉下来的。

是什么花呢？槐花，小娘儿脚，皆不像。

拿出手机，打开形色软件（一款识花软件）扫了扫，跳出三个字：无患子。

无患生佛珠，无患子也。

原来，这花结的果实，此时正戴在我手腕上。明明离得这么近，我却惘然不识呢。

到了九月，无患子就会一嘟噜一嘟噜地从绿叶间垂挂下来。

这一条小径，走过千百次了。想必那些果子早就结在那里了，我却一次也没有关注过。甚至于这些花朵，也是第一次关注。若不是有那一层灌木丛上的黑布，我一定不会留心那细碎的花。由此，也错过了这一株无患子树。

茫茫人海，若不是因为偶然的机缘，由一个人辗转又结识了另一个人，直到有一天，你忽然地出现在我眼前。

不早一分，不迟一秒，刚好在那个时间。四目相对，怦然心动。

也只是轻轻地说一句：原来你也在这里。

伫立在无患子树底下，我想起慧能法师有一首菩提偈：本来无一物，何处惹尘埃。

意思是：世间万物，本来就是空的。人的心若也是空的，那么任何东西经过，就不会留下痕迹了。

但偏偏不是。人的这一颗心哪，忽而忧愁，忽而喜悦，忽而飞上九重云霄，忽而坠入十八层地狱。一念起万念生，生生不息；一尘起万尘起，尘沙滚滚。

尘埃既落，明镜蒙尘。这一颗心啊，混混沌沌，迷迷糊糊，再也辨不清本来面目。

有一天，轻轻拂去尘埃，尘尽光生，修得一颗清净心。所见之物，皆是好物；所遇之人，皆是好人。

/ 桂花

在朋友圈看到采采小院的钱老师晒的桂花图：金灿灿的桂花，密密匝匝堆在竹匾里，亮得晃人的眼。隔着手机屏幕，仿佛也能闻到桂花的香气。

那么多桂花，聚拢在一起，产生了巨大的香气。就像一万只蜜蜂采集的花蜜，又像是一百个秋天的香气。

如此盛大、华美，恍如深陷在一场梦境中。

我想，秋天之所以受到人们的喜爱，大约是因为桂花。这几天小城沦陷在桂花的迷魂阵里。每天上班下班，摇下车窗，桂花的香气钻进车子。去楼底下倒垃圾，亦会在垃圾桶旁伫立一会儿，鼻子使劲吸着，真香啊。

桂花的香气无处不在，走到哪儿它就跟到哪儿，像一个黏人的女孩子。可是谁都喜欢她。在秋天，每个人的脸庞都很柔和、安详。这大概也是因为桂花的缘故。昨天早上开车去上班，看见前面那个步行的女人忽然停下了脚步，左顾右盼，好似在寻觅什么东西。啊，是一株桂花树。那个女人凑近人行道上的一株桂花树，踮起脚尖，摘下一簇桂花。那一小簇桂花，被女人藏在衣袋里，跟着她走进了一幢办公大楼。那个女子，也许在那幢大楼是一个干练沉稳的职员，可是那藏在衣袋里的桂花，分明泄露了她仍是一个天真的小女孩。

女人如花。桂花，应是一个眼底有柔情、内心有光芒的女子吧。

比起牡丹、玫瑰，桂花是素颜的花。然而素颜之中，亦有惊天动地的美。

桂花常见的有金桂、银桂、丹桂。金桂开得略早一些，八月十五前后就开了。金桂的花金灿灿的，尤为可喜。银桂开得迟一些，大约要隔一个月才开。银桂的花色淡白、淡黄，在月光下犹如镀上了一层荧光。香气也更淡雅一些。至于丹桂，色泽更浓烈，近乎橘红、橙色。香气也更盛大。

我家乡下的小院里，栽了一株桂花树，几乎每个月都会开花。起初大家很是讶异：桂花不是秋天开的吗。这一株桂花，怎么酷暑天开花，隆冬天也开花？后来在网上一查，说是四季桂。既是四季桂，一年四季开花也便是寻常。四季桂的香气，淡淡的，若有似无。人从桂花树底下经过，身上便沾染了桂花的香气。再走到屋子里，那香气也跟着进了屋子。

每次回乡下，我都要在小院里伫立一会儿，去看一看那株四季桂。似乎在四季桂树底下伫立那么一会儿，烦躁不安的心绪和诸多不如意的事就烟消云散了。

山中日月长，乡下的时光也是一样，看看花，摘摘菜，喂喂鸡，逗逗猫，一天的时间缓慢而悠长。到了日暮时分，还可以走到千亩荡畔，去看一看夕阳和古渡。尽管古渡已经没有一艘渡船，千亩荡上也再无一叶扁舟，然而斜晖脉脉水悠悠，那浩渺的烟波、芦苇丛中的水鸟，还有亘古的诗意依旧在。

尤其在秋天，水边的芦荻白茫茫一片，人走到里面，隐没在其中，便觉天地宇宙如此浩瀚，人如蜉蝣一般渺小。然而这蜉蝣一样的生命，亦有爱有恨，有悲有喜，有情有义，有理想与情怀。便又觉得生而为人，是一件幸运之事了。

秋天带一拨朋友去我的故乡。去的是栖真寺、缪老师的画室和老街。缪老师的画室前也栽了两株桂花树，是银桂，淡白色的花朵，幽香阵阵。映照着缪老师的一头白发。

缪老师三十几岁那年，有一天忽然做了一个梦，梦中有个人对他说，若是你的头发白了，你画画就成了。缪老师那时刚去北京办个人画展，心里颇为疑惑，等到头发白，那要到什么时候？谁知隔了两年，那一头乌黑的发竟渐渐地白了，面容仍是一个中年人，看白发却俨然是一个老者了。就在那一年，缪老师和张艺谋一起登上了美国《时代周刊》，被列入“亚洲十大艺术家”。

那个梦，竟成了一个预言。

世上有的事，便是这样神奇。

从缪老师家回来，穿过老街，瞥见供销社那幢房子的楼顶上有一丛仙人掌，瀑布一样垂下来。仙人掌上顶着艳黄色的花朵，可与桂花媲美，只是没有香气。

仙人掌的花，亦是素颜的花。

/ 桂花糕

托办公室一个女孩子的福，昨日想吃的那一口桂花糕，今天早上就吃到了。

那个女孩子住在新塍古镇上。这个古镇，从前很是偏僻，抗战时许多人逃去避难。据说城里一所中学也迁到那里，老师在大柳树上挂一块黑板，学生团团围着上课。那所中学，就是武侠小说家金庸的母校。不晓得当年金庸有没有去过那个古镇。

那个古镇上，有一座寺，曰“能仁寺”；有一个公园，叫“小蓬莱”；有一座很美的桥，叫“虹桥”，因其像彩虹一样卧在水波之上而得名。附近还有一个村子，因在洛阳之东，故取名洛东，盛产牡丹和羊肉。古镇上有许多古朴的房子，从前住着读书、画画的风雅之士。尽管很多房子现在已经破败了，可是院落仍在，隐约可以窥见旖旎的旧时光。

我于新塍古镇，是很有一些感情的。师范三年级上学期实习，大巴车载着手风琴、皮箱、被褥和我们十余人抵达古镇。暮色中，一个戴眼镜的瘦高个子的中年人伫立在小蓬莱门口迎接我们。那是小蓬莱旁一座学校的教导主任，姓仲（后来去了省文化厅）。仲老师带我们走上一幢公寓的水泥楼梯，打开一扇木门，里面是稍显简陋的两室一厅。

我和曹花、老金、丽华四个人住在这个两居室里。两个人分到一间房，共用客厅和卫生间。其实那时和老金关系好，不知怎么却和丽华分在了同一间。丽华是颇清冷的女孩子，平日里和谁都不来往。我不由得有些为难，唯恐两个人关系处不好。谁知"同居"以后，才知丽华其实是很温婉的一个人。譬如，她把靠窗的一张床让给我，让我推开窗子即可看见窗外春色。窗外的小院有一株红叶李花，开了一树粉白的花，美到寂灭。

丽华每天一大早捧着英文书朗诵，下了课捧一堆作业本。我称她"拼命三郎"。丽华说，她一定要成为最优秀的自己。果然，很多年以后，丽华进入小城最好的一所中学，挂上了名师的头衔。我们已经是无话不谈的闺蜜。丽华偶尔苦口婆心劝导我，让我努力写论文，评职称。

她在她的羊肠道上越走越幽深馥郁。

我呢，仍走我的独木桥。

彼时，春光暖融融的，丽华和我并不知时光有一天会把我们带到何处。每天下了课，我回到宿舍，抱一台手风琴，坐在窗前的一只小矮凳子上弹奏《西班牙斗牛曲》。

有一天，楼底下探出个脑袋，冲我喊："喂，小姑娘，吵得人睡不着觉啦？"说完，那个人却嘻嘻笑了。隔一天，在楼梯上遇见那个老头。老头说："小姑娘，弹得蛮好的嘛。"

老头姓张，是小学校退休的一名音乐老师。自从退休了以后，就和师母住在这里。师母穿一件藏蓝色布裙，头发扎起来，盘成一个发髻，很有民国女子的优雅。也许师母就是从古镇上的一间旧宅子里走出来的吧。五十多岁的师母，脸庞饱满似满月，看起来仍旧很年轻。老张有一个儿子，去了美国念书。这一对夫妻，应是小镇上的人所羡慕的吧。

有一天，老张邀我们去他家里吃饭。一进屋，我被门口的一架钢琴吸引住了。那是一架亮铮铮的黑漆钢琴，擦拭得一尘不染，照得出人影。斯是陋室，因了那一架钢琴，忽而熠熠生辉起来。那天师母下厨，做了红烧肉、鱼头豆腐汤，番茄炒蛋、清炒扁豆。老张咪了一点小酒，脸喝得红彤彤的。喝罢酒，老张坐到琴凳上，打开钢琴盖子，弹奏起一曲李叔同的《送别》。

我们伫立在老张身后，轻声和着唱：

长亭外，古道边，

芳草碧连天。

晚风拂柳笛声残，

夕阳山外山。

悠悠的琴声，从那一扇窗子里飞出去，飞到虹桥下的水波里，飞到古镇的花窗、弄堂。

一座古镇，皆沉醉在琴声里了。

一支曲子弹罢，众人仍沉醉其中。

师母含笑望着老张。目光温柔缱绻，时光似乎也变得温柔缱绻起来。

这个老张，平日里看起来不过是个顶普通的老头，弹曲子时却神采飞扬，完全像换了一个人。临走时，师母拉着我的手说，以后常来啊。老张很久没像今天这么高兴了，退休以后，他便总是寂寞。

忘了后来又去过几回了。人生何其匆遽，花期亦然。不过才一两个礼拜，红叶李花就匆匆谢了，吹落了一地的花瓣。我们的实习期也很快结束了，我们在屋子里收拾皮箱、手风琴和被褥。老张“噔噔噔”跑上来敲门，有些气急败坏地说，怎么走了也不告诉我一声。师母跟在他身后，手里拎了几个纸袋，塞给我们每人一袋：“拿着路上吃。”

老张和师母送我们到楼底。师母冲我们挥手：“有空回来啊。”

这一对老夫妻，仿佛送别离家的孩子。

大巴车开动了，老张和师母的身影越来越小，渐渐变作了一个小黑点。我的眼泪止不住地掉下来，手里捂着的纸袋子还是热乎乎的，打开一看，是一块桂花糕、一盒绿豆糕。

那是古镇上的特产。很多年以后，这个古镇以出产月饼、桂花糕、绿豆糕，各色小吃而闻名于世。很多人大老远赶去只是为了买一盒桂花糕。秋天，店里的人在院子里打糖糕，一只石臼，一个木槌，竹匾里晒着金灿灿的桂花。糖糕打好了，撒一层桂花。桂花还是新鲜的，金灿灿的花瓣贴在糖糕上，十分之好看。这时，若然一位穿藏蓝色衣裳的妇人，头发盘着一个髻，迤迤然去店里买桂花糕，那个画面真是美极了。

刚打好的桂花糕，甜甜的，糯糯的，有些黏牙齿。吃了桂花糕，我的牙齿上也沾上桂花呢，不觉十分之快乐。

那一盒绿豆糕，呈碧绿色，皮薄，如一块块翡翠印章。这翡翠印章，掰开来是满满的豆沙馅儿。从前豆沙是人工揉的。把豆子煮熟了，用纱布扎起来，用力揉搓，揉出极其细腻的豆沙。现在大约是机器做的吧，吃起来没有那么细腻了。

然而在秋天，坐在一株桂花树底下，沏一壶茶，再取几块桂花糕、豆沙糕，放在一只白瓷盘里，当作茶点，仍会有盎然的古意。

小蓬莱旁的那幢公寓楼已经拆掉了，不知老张他们去了哪里。在这个秋天，我想起老张和师母，只觉他们是与我很亲的人。二十载时光遽然流逝，当年十八岁的女孩子亦已至中年。老张和师母，应也是七八十岁的老人了。我怀念他们，亦是怀念一生中最好的时光，怀念那个伫立在时光的荒野上，茫然四顾，懵懂不知的花季。

/ 糖炒栗子

走在马路上，闻到了糖炒栗子的香气。

在街拐角的一家小店，一个女人，支起一个大锅炒栗子。那家小店已经开了十几年了。十几年前，刚谈恋爱，和男友逛中山路，在那个栗子摊边流连。一袋糖炒栗子，抱在怀里，走路小鹿一样蹦蹦跳跳。那时还是备受恩宠的年纪，吃糖炒栗子，也是男友剥一颗，吃一颗。

甜津津的栗子，甜津津的爱情。

小时候没见过栗子，以为栗子生来就是圆滚滚的。长大了去山里，看见人家廊檐下晒着褐色的毛茸茸的东西，一个个小刺猬似的。

问那廊下老妇，此物是啥？老妇答：毛栗子呀。遂打开一个，掏出几枚栗子塞给我。咬开壳，白色的果肉，吃起来有点像菱角。

秋天，城里到处是卖糖炒栗子的小贩，在菜市场、商场，甚至医院门口、弄堂里，支一口锅，放半锅子黑沙（炒栗石），把栗子倒进去。沙沙沙，沙沙沙，不一会儿，栗子炒熟了。香气飘得老远，把过路的行人都吸引过来了。于是，栗子摊前，排了一支长长的队伍，行人引颈顾盼，等待糖炒栗子出炉。

有一些小贩在炒栗子时掺了糖水。这样的栗子，多半本来品质不太好。

好的栗子，圆润、饱满，散发着诱人的光泽，并且很容易去壳。譬如这一家十几年的小店，卖的栗子有牌子：阿茂栗。栗子色泽金黄，入口酥甜留香。老板娘夸奖自己的栗子：有“东方珍珠”的美称。

无论多么不起眼的东西，只要用心、认真去做，就能成为旷世的宝贝。想必，那个制作阿茂栗的老板娘也是这么想的。

阿茂栗的老板娘有点胖了。大概每天在炉子前炒栗子的缘故，脸红彤彤的。

纸袋上写着温馨提示：刚出炉的栗子切勿口咬，以免烫伤。

买一斤栗子，送一个剥栗器。

若是老顾客，再送两块钱的栗子。两块钱顶多有四五颗栗子吧，可是这一份心意，招来了许多回头客。

栗子的历史十分悠久。《史记·货殖列传》里就有记载："燕、秦千树栗……"想来古代，燕山、秦地就已大规模种栗子树。北宋都城汴梁有一家炒栗子的店，店主人叫李和。李和家炒的栗子远近闻名，为别家店所不能及。金灭北宋，李和的儿子带着炒栗子的独门秘籍流落燕山。后来，他把糖炒栗子献给了故国使者。

一枚小小的栗子身上，亦有故土之思、家国情怀。

那天看一个电视节目，有个养生达人介绍吃栗子之法：要吃生的，慢慢地嚼，在嘴里像打水果机一样，直至打出白玉浆。并且每日吃五六颗就足够了。

再好的东西，吃多了都对人无益。栗子如此，世上的好东西莫不如此。

/ 粽子

朋友说，嘉兴粽子这么有名，你还不天天吃粽子呀。其实不然，我一年难得吃几回粽子。

小时候倒是经常吃粽子，母亲自己裹的。

淡青色的棕叶搁在碗柜顶上，母亲搬一只长凳，取下棕叶，浸到清水里。拿一只长长的板刷，刷干净棕叶，摊在竹匾里晒。

再提一淘箩糯米，去河阶上洗净，也摊在竹匾里晒。

母亲裹的是赤豆粽。尖尖的四个角，缠绕了大红色尼龙绳。剥开粽叶，雪白的糯米上沾满了赤豆，咬一口，香极了。

放学后回家，老远闻到一阵粽叶的清香，就知道母亲裹了粽子。粽子还在锅子里冒着热气呢。母亲剥出一只，拿一根筷子，插到粽子上递给我。于是，我一边呼呼吹，一边吃粽子。

母亲说，慢一点，小心噎着。那时的我，不知怎么肚子好像通着大海，一口气可以吃三个粽子，吃得小肚皮鼓鼓的。

为了吃粽子，母亲专门开辟了一小块水田，种了糯稻，每年收上一麻袋。逢年过节裹粽子，做年糕、粑粑吃。

那时寻常日子哪里有粽子吃。只有端午节，母亲才会裹粽子。

书本上说，粽子是用来撒到河里喂鱼吃，纪念爱国诗人屈原的。母亲不管，母亲只知这是几百年来村子里延续下来的习俗。既是习俗，母亲自然恭恭敬敬地遵循。

母亲让我学裹粽子，拿一只粽叶，对折，裹成漏斗形，抓一把糯米放进去，再把粽叶盖上，余下的叶子塞到两边，用尼龙绳扎起来。可是一不小心，粽子就散了架。我哭丧着脸说，妈，我不会。

母亲说，世上哪一件事情生来就会。只要愿意学就没有不会的。

可是我不愿意学。乡下的活计：打毛衣、缝被子、裹粽子，我一件也不会。记得母亲叹过气，说是小心将来没人要你。母亲哪里会料到，这世界变化快。当我长大了，这些事情一件都不会做，照样嫁了人。

我想吃母亲裹的粽子了。母亲裹的粽子，照旧四角尖尖，有模有样。

自从来了城里，母亲难得裹一回粽子。

母亲说，你想吃什么粽子？我说，赤豆粽。母亲笑了，小时候你就爱吃赤豆粽。这个店里买不到，妈给你裹。

可是哪里有粽叶呢？去菜市场，在一家杂货店的角落里终于看见粽叶的身影。店家说，很少有人买粽叶了，这一把粽叶还是几年前的。粽叶放很多年都不会坏，只是略微有些发黄。浸到清水里，洗一洗，又鲜绿欲滴起来。

一切依然如故——只是，母亲老了，头发白了。不仅是母亲，当年那个扎羊角辫的小女孩，也已人至中年。

只是仍旧喜欢吃粽子呢。

有时候一个人在家，就去摩尔旁的五芳斋，点两只粽子。让店员剥好，一只打包，一只吃掉。

打包的那一只，隔天在微波炉热一下，当早饭吃。

日子过得这样简单，甚至有些潦草。可是丝毫不觉得委屈。

这不，孩子她爸又出差去了，我下了班去逛街。天冷了，买了一件毛衣，垮肩，袖子宽宽大大的。去五芳斋吃粽子，晕黄的灯光下，发现那件毛衣是粽子色的。

朋友说，哪里是什么粽子色嘛，分明是焦糖色。哈哈，我哪里晓得什么焦糖色，那么洋气。哼，我偏说它是粽子色。

嘻嘻，这么说起来，穿上那件毛衣，我也变成了一只可爱的粽子啰。

世上每一种食物，也许都会有一个人的化身。

我喜欢粽子。

这来自童年的温暖的食物。

/ 八只蛋黄酥

小时候隔壁村的一个姐姐，加了我微信，说是很喜欢我的文字。前几日做了一屉蛋黄酥，冒着雨给我送过来。

雨夜故人来，足可安慰一颗寂寞的心，继而生出淡淡的欢喜。

姐姐穿了雨披，伫立在街灯下，把一只纸袋子递给我，说是马上要回去。不来家里坐坐么。不了，还有事呢。姐姐怕打扰到我。

姐姐的身影消失在雨幕里。我拎了纸袋，折身回屋子里去。

打开纸袋，八个蛋黄酥，撒了黑芝麻，还热乎乎的呢。

取一颗咬一口，里面是紫薯。中间一只油汪汪的鸭蛋黄，是乡下养的鸭子下的蛋，用草木灰腌制好，一只一只剥出来的。

姐姐说，她擅长做蛋黄酥，让我一定别嫌弃。

姐姐说她刚失业，在家也没有事情做。每天做点好吃的：糖醋排骨、千张包、荠菜饺子、土豆饼……

真厉害。我佩服得五体投地。我可什么都不会。女儿总是嫌弃我，妈，爸当初怎么看上的你？

你妈长得漂亮啊。

啧啧啧，吹吧你。女儿很是不屑，不过好歹是亲生的，马上又关心我起来，要是爸出差，你平时一个人在家吃什么？

外卖啊。我得意地说。

说起来，我一个礼拜最多的时候竟有三四天叫的外卖：面条、馄饨、汉堡、披萨，一天一个花样换着吃。偶尔下厨，炒一棵青菜，盛到白瓷碗里，尝一口，呸，好咸，盐撒多了。

女友也嫌弃我，说我做的鱼没有刮鳞片，我煎的牛排是生的。顶可怕的是我煮的鸡，两个鸡爪还露在锅子外面。

有什么办法，我不敢剁鸡爪呀。

幸好，午饭学校食堂里吃。食堂里的师傅最拿手的是咸菜虾、梅菜肉。有这两道菜的日子，我每顿能吃两碗饭。

话说，虾和螃蟹还是会煮的。虾清水里煮一煮捞上来。螃蟹让卖水产的大叔用绳子捆结实了，回家刷一下，放到蒸锅上蒸。再把电饭煲插上。饭炊熟了，螃蟹也熟了。把螃蟹端上来，再倒一碟醋。那个美味，真是赛过神仙。

可是，又不能天天吃螃蟹啊。

我不会做饭，只好由他做啰。一个大男人，穿了白衬衣，在厨房里忙得热火朝天。我跑进厨房，给他系一条树叶图案的围裙，再绕到他背后，打一个蝴蝶结。

吃过饭，该洗碗了，我嚷嚷道：我的手裂了小口子，不能沾水。

于是他又钻进厨房里去了。

我呢，削了一只苹果，作为对他的犒赏。

姐姐说，做菜是我的乐趣哦。

一个人，大抵只有喜欢一件事，才会不辞辛劳，并且从中得到乐趣。

一个人，大约只有对喜欢的人，才愿意为他（她）系上围裙，洗手做羹汤。

姐姐邀我有空去她家，她做一桌好吃的给我吃。姐姐说得诚心，一定要来啊。别的不会，做饭我擅长，你不要嫌弃哦。

我说好啊，但哪里会真的去。我这个人，顶怕别人找我麻烦，也顶怕麻烦别人。

那八只蛋黄酥，已经让我十分之难为情了。

不过在心里暗暗庆幸着，如我这样愚笨、懒惰的人，竟然也得到了很多人的厚爱呢。

/ 小河瘦了

荤腥吃多了，便想着喝一碗粥。早上起来，先把电饭锅插上，再洗衣、洒扫，不多一会儿，屋子里飘出粥的香味。一颗心顿觉妥帖和安稳。有时起晚了，去五芳斋早餐摊上买一点，仿佛日子也过得潦草起来。

讲究的时候，隔夜先把糯米、薏米、黑米、银耳、桂圆浸泡好，放在一只炖锅里，预约好时间，半夜开始煮八宝粥。早上揭开锅，放上两颗老冰糖。煮出来的粥又糯又甜，可是天天喝八宝粥，会泛胃酸。

有一天翻书，读到一句“淡薄之中滋味长”。不禁掩卷沉思。果然如此呢。纵使再美味可口的东西，吃多了也会生腻。吃不厌的，倒是那一碗白米粥。

我喜欢喝白米粥。五常米，煮时闻得到浓郁的香气。一屋子袅娜的白气，令人觉得烟火俗世的可亲。

小时候的冬天，在乡下，一清早，我妈往灶里塞一块木柴，烧一锅白米粥。粥滚了，盛在蓝边花碗里，放在灶台上凉着，然后催我和弟弟起床。被窝里暖烘烘的，真是一点也不想起来呀。穿上棉衣棉裤，去灶台上端一碗粥。

一碗滚烫的白粥喝下去，浑身立马暖和、舒泰起来。走在白雾弥漫的小路上。那时候的冬天，几乎天天有雾，不知是不是就是现在的霾。白雾里，不辨行人，只闻去赶集的人的脚步声、咳嗽声、自行车丁零丁零的响声。

十六岁离家去外地念书。一大早在学校食堂排队买粥，一只不锈钢碗，一大碗粥，外加两个花卷。吃下去上了两节课，肚子就饿得咕咕叫了，遂又去买包子吃。两个大肉包，吃得满嘴都是汤汁。到了晚上，上好晚自习，去小卖部买泡面。福满多，五毛钱一袋，再加一根香肠。一个学期下来，胖了二十多斤，回家我妈差点认不出我了。那时候的饿，后来再也没有体验过。

毕业以后，为了好看，几乎不吃米饭，只吃水果和蔬菜。瓜子脸、小蛮腰倒是有了，只不过付出的代价太大了些——犯了胃病。有一天在学校，忽然疼得浑身痉挛，只好去住院挂点滴。

男朋友每天煲一锅粥送来，一个绘了大红色牡丹的保温瓶，粥倒出来，还是热气腾腾的。男朋友贴心地说，以后每天给你煮粥喝。此君后来果不食言，十几年如一日，为我炊粥煮饭。

冬天喝白米粥，搭配一碟小青菜、酱萝卜。小青菜经了霜冻，吃起来甜津津的。特地去黎里古镇买回来一只酱缸，萝卜切成条，晒干，放进缸里，倒了酱油、醋和糖。吃起来又脆又甜。

一棵莴苣切成薄片，翠玉一般，装在白瓷盘子里。拌一点酱油和醋，清甜、爽口，是不可多得的美味。

莴苣是母亲从乡下带来的。叶子青碧，染着寒霜。每餐削一两棵，有时放在排骨汤里炖，炖出来的莴苣，入口即化。还有水芹，比地里的芹菜要嫩，用金针菇、香干丝一起炒，有一股青气。

莴苣和水芹这两样东西，小时候并不爱吃，总觉得有一股怪味。奇怪的是，现在倒是贪恋起这一股怪味，只觉得吃罢，唇齿留香。

还有春天摘的马兰，晒干了储存在锡罐子里——捞出一把，用水浸泡开。

买了五花肉，放在锅里煮，撇去浮沫，捞起来，在油锅里煎一煎，再一块块放到砂锅里。砂锅放在小火上焖，再扔几粒红枣、两块老冰糖。——五花肉端上来，几双筷子争抢着夹。

以前爱吃荤，几天不吃肉就思之念之，现在呢，年纪大了，清心了寡欲了，喜欢清淡了。好的滋味，总是清淡的。那天和朋友去一个古镇，吃到一碗羊杂汤，汤水清淡，放了羊杂、羊血、小葱、枸杞，滋味却鲜得眉毛都要掉下来。怪不得古人造字，鱼羊为鲜呢。

喝掉一锅，又要了第二锅。喝罢羊杂汤，裹着棉衣，沿着挂满大红灯笼的老街走过去，只觉浮世清欢，路短情长。

都是一拨从光阴里走过来的朋友。一年不过见两三次面，在一起也不过只是吃一顿饭，喝一盏茶，聊个天。君子之交淡如水，淡而有味。懂得彼此要有距离，有留白——即使最好的闺蜜，也不再天天厮混在一起了。不再疯疯癫癫、咋咋呼呼——光阴老了，性子也渐渐收敛许多。

人间有味是清欢，清欢是淡薄而有远意。

那天朋友给我看九叠文，第一次见到这样折叠堆曲的文字，初看觉得繁复极了，再看，却觉出好来。断漶之处，有留白，也有疏离。

钱瘦铁曾用九叠文刻“万水千山得得来”，诗是唐代高僧贯休写的，前一句为“一瓶一钵垂垂老”。

人生忽已晚，万水千山，仍是迎面而来，不休不止。一颗心却早已尘埃落定。

淡泊之中，那一颗心是沉静的、欢喜的——犹如这个冬天的下午，坐在窗子前，看楼下那条小河。小河浅了、瘦了，映着天光和云影，云也疏了、淡了——就这样坐着，看一朵云，发一会儿呆，亦是好的呀。

/ 紫皮番薯

1

我爸从乡下拎了一蛇皮袋紫皮番薯到我家。

本来也没这么早挖番薯，那天我爸看见我买了一袋小番薯，很是不屑：才这么点大，我种的番薯比这个大多了。算了，算了，明天就去给你挖一袋。

第二天我爸当真结结实实挖了一蛇皮袋番薯给我。说实在的，这些番薯个头大小不齐整，大的比拳头还大，小的只有小拇指粗。我爸有点惋惜地说，要是再等等，这些番薯能装一箩筐。

唉，实在是闺女要吃，我爸才舍得这么早去挖。我爸也顾不上等番薯长大了。这是一个父亲对女儿的溺爱纵容。

世上的父母，在溺爱纵容儿女这件事上永无止境。我已经是三十八岁的人了，在父母眼里，亦如一个小女儿。前一阵身体抱恙，我爸唠叨：请个假好好休息几天嘛。他还包揽了洗碗、拖地的活。

我妈在沙发上看电视，我爸催她：快给女儿做饭去。我妈恋恋不舍地望了电视屏幕一眼：里面的女主角正哭得梨花带雨。我妈这么一个岁数的老太太，仍痴迷小女生的肥皂剧，诸如《如懿传》《那年花开月正圆》什么的。

我爸把紫皮番薯哗啦啦倒在客厅的地板上，那些紫皮番薯骨碌碌滚着，还沾着田地里的草叶和泥土。

我爸把番薯分拣开来，大的一堆，小的一堆。叮嘱我送邻居们一些，自己留下一堆。

我迫不及待要吃，我爸去洗了几个，放到蒸锅上。番薯蒸得紫皮爆裂开来时最好吃。

小时候我顶喜欢吃番薯。乡下用灶头做饭，有一个竹蒸架，蒸的无非是几个番薯、土豆。秋天，天气凉下来，顶高兴的一桩事情就是挖番薯。找一个晴朗的日子，扛着一把铁锹去地里，把番薯藤拔掉，用铁锹翻地，有的番薯个儿长得太大，一铁锹下去，挖断了半只，流淌出汁液。那挖断了的番薯，仍旧捡在箩筐里，回去削掉破损的地方，放到蒸架上蒸一蒸。

那时候的人有一颗惜物之心，现在的人真是浪费极了。苹果、橘子、梨，坏掉了个疤，就扔进了垃圾桶。

不知什么缘故，明明肚子已经吃得圆滚滚了，可是吃番薯时又有了番薯肚子。

我吃掉的番薯，大约有好几箩筐了吧，可是仍旧吃不厌呢。

番薯最美的吃法，大约是放到灶灰里去烤。于米饭做熟之际，灶口的草木灰还燃着，捡几个番薯埋到里面去，过一两个小时，把番薯从草木灰里扒拉出来。番薯烤得黑乎乎的，扒去皮，裸露出黄澄澄的心，飘散出一股诱人的香味。尤其在冬天的夜里，窗外北风呼呼，一家人围在暖烘烘的炉火边吃烤番薯，那真是记忆中最幸福之事。

小时候我顶羡慕的职业便是大街上卖烤番薯的小贩，守着一只木桶烤番薯。香气飘了一条街。直至今日，走在大街上，闻到烤番薯香，我就会被那一缕香气牵走了，痴痴地走到烤番薯摊前。买一个热乎乎的烤番薯，一边吃一边快乐地走在寒风中。

蒸锅上的番薯熟了，揭开来，一只只紫皮爆裂。拿起来呼呼喊烫，在手心里颠了又颠。剥开紫皮，迫不及待吃起来。

我爸种的紫皮番薯，吃起来有一股栗子的味道。比起天目山的小番薯要好吃几倍。

奇怪，从前怎么不知道我爸种的番薯这么好吃？也许是这一阵咳嗽得厉害，什么都不敢吃，馋得慌。又或者只是因为那紫皮番薯，是我爸亲手浇灌栽种的。

呵，那一个紫皮番薯，藏着一颗慈父的心，亦慰藉了一个客居城市的乡村女儿的乡愁。

2

我爸种的紫皮番薯，那番薯藤还是从我家冰箱里拿的。

那天女儿她爸从菜市场买回来一捆番薯藤，顺手搁在了冰箱里。我爸拿出来一看，这是什么东西，可不是番薯藤么。今年正好还没买番薯藤呢，我爸自言自语，把一捆番薯藤藏进了蛇皮袋。

我爸说，反正留在家里你们也不吃，还不是白白浪费掉了。

我爸又说，从前番薯藤是给猪吃的，你们这些城里人倒是忒稀奇。

我很讶异这些番薯藤，没根没须的，就像一个人没心没肺，怎么扦插得活？于是隔三岔五问我爸，番薯藤活了没？我爸烦了，我种的庄稼，还从来没死过。这些番薯藤，自然也能活。

不知是因为我爸的妙手，还是这些番薯藤生命力奇强，总之，它们不但扦插成活了，还欣欣然蔓延成了一片。我爸摘了番薯藤喂鸭吃（乡下禁止养猪，本来可以喂猪），还摘了一捆拿到城里。

喏，还给你们，这一捆番薯藤。

我爸就像一个借了蛋的人，孵出了母鸡，母鸡又生出了蛋，最后把蛋还回来，凭空多出了母鸡。

总之，那一捆番薯藤，蔓延成好大一片，还长出了几箩筐番薯。

我爸对此颇有些扬扬得意。

一个农夫，在田地里刨土、播种、浇灌，再借用了一点太阳、空气、雨水，凭空就种出了粮食。这不得不说是一种魔法。

总之，我爸对这魔法乐此不疲。

我爸跟我说起村子里那个安徽人这几天在挖藕了。今年的藕特别贵，卖两块多一斤。那个挖藕的安徽人，把空掉的藕挑出倒在马路上，很多人去捡回家。我可不去捡，空心的有啥吃头？再说那个安徽人送了我几节好的藕，鲜嫩着哩。

那个安徽人欠了我爸一年田租，我爸也不去讨要。我爸说，他金钱上紧张，刚添了个孩子。去年的藕又便宜，蚀掉了老本。我爸说，要是今年安徽人不主动给田租，也不打算去讨。赚了钱他自然会付账的。

我爸是个很仗义的人。借给别人钱基本不让别人打借条。有一回，一个借贷的人忽然脑溢血。我爸借给那个人两万块，也担心他还不上了，但担心归担心，却决不跑上门去讨债。我爸觉得人家遇上了这么大的祸事，命都快保不住了，不能再去雪上加霜。

别的借钱的人都去讨钱了，我爸仍没有去，我妈为此嘀咕了很久。

后来，那个借贷人醒来，第一件事就是嘱咐儿子把两万块钱送到我家。那个人说，金寿是个好人。

自从那个安徽人租了我家的田，我爸总觉得我家捞到了便宜，有田租不说，我家门前还变得像仙境一样美，春天，荷叶何田田。夏天，有荷塘月色。到了秋天，荷花的枯枝伏于水上，像八大山人的画。我爸忍不住赞叹：我家闺女又有许多文章可写了。

实则我爸太抬举我，只是呼朋引伴去看了一回荷塘，摘了几个莲蓬放在案头，至于荷塘的文章，一篇也未写出来。

时光就这样荒废、虚度掉了。

有时我羡慕我爸，种瓜得瓜，种豆得豆，每天都会有收获的喜悦和满足。

小白菜播下去发芽了，长大了。芸豆开花了，结籽了。丝瓜的蔓爬了一堵墙，像贴了一层绿色的墙布，真好看。秋天快过去了，还在使劲结丝瓜，舍不得扯掉那些丝瓜藤。

总之，我爸天天跟我嘀咕乡下的事情。

有一回接连下了几天大雨，我爸的小青菜烂掉了，我爸那个心疼哟，鬓角的白头发都多出了好几根。

这些瓜呀果呀，犹如我爸的儿女。现在，他的儿女离开乡村去了城市，这些瓜呀果呀便替儿女陪伴着他。

想着我爸拎着一蛇皮袋紫皮番薯，辗转两次公交车到我家，我的眼睛有点酸酸的。

我爸把紫皮番薯倒在地板上，有几个骨碌骨碌忽然滚到我的脚边，真像一个个调皮捣蛋的娃娃。

3

番薯也叫地瓜。从大地里结出来的瓜，真是神奇。大地深处藏着多少秘密呀，一棵土豆秧，一株番薯藤，又是如何一点一点蔓延，长大，结出指甲大的瓜，那个瓜，渐渐长到拳头大，又到小南瓜那么大。

那天看到华诚发了一幅照片：父亲扛着锄头从地里归来，带着几个孩子。孩子们每人手中捧一只地瓜，大孩子捧大的，小孩子捧小的。那个最小的孩子，肉嘟嘟的手里攥了一只迷你小地瓜，咧着嘴嘻嘻笑着。画面真是十分之温馨、祥和、欢乐。

番薯长了一张娃娃的脸：胖嘟嘟，喜滋滋，头上还扎了几根小辫子，可爱的番薯，可不就是大地的娃娃吗。

华诚给照片取名:小田园。

那一个美丽诱人的小田园，是华诚的故乡诸暨的一个小山村。

那位扛锄头的父亲，种了几亩水稻田，被封为稻田大学的校长。许多城里的人驱车跑去看校长种田，看一株水稻如何扬花、结穗，长成沉甸甸的稻子。一株稻穗，结两三百粒稻谷。金灿灿的稻谷，在阳光的辉映下熠熠闪光。

这是令父亲感到无比骄傲幸福的一刻。

华诚发起了一个项目：父亲的水稻田。采用最古老的方式种田。那是儿子对父亲的一颗挚爱之心，亦是送给父亲的一份珍贵的礼物。

也许一个乡下的孩子，从小耳濡目染，更能理解土地与乡村、土地与人的关系。一切食物，皆来源于土地。土地上长出了庄稼、蔬菜、瓜果，土地上走来牛羊，土地里亦埋葬着祖先。我们的一切活动，都在那一片土地上。

在我的故乡青龙湾，村子北面有一片野地，亦是祖宗们的安息之处。一条白蛇似的小河，游过那片野地，斜阳像一只红皮球，被谁使劲一踢，踢到河对岸的草丛里去。

那片野地里，种玉米、向日葵和番薯。到了晚上，玉米和向日葵影影绰绰，像鬼魂在跳舞。况且坟地上有时飘出磷火，经过那片野地时，不由得心突突地跳，加快了脚步。

只有经过那一片番薯地时，看见叶子低低地伏在地上，一览无余，哪里来什么鬼魂？一颗心这才渐渐平静下来。

那一片番薯地，也是我们童年的乐园。折一根番薯藤，编成一条一条的珠链，挂在耳朵上、手腕上、手指上、脖子上，当耳环、手链、戒指和项链。那是乡下的女孩子最初的首饰。无论后来手上戴了一克拉的钻戒，还是珍贵的红宝石、蓝宝石，独对那一枚由番薯藤做的戒指一直念念不忘。念念不忘的，还有青梅竹马的小伙伴。这些小伙伴，早已在茫茫人海中离散。只有那一片番薯地仍在，陪伴它的是亘古的斜阳、温柔的晚风，父亲和母亲。

祖母葬在了河滩边的野地上。祖母在世时，顶喜欢吃番薯。冬天穿一件藏蓝色斜襟棉袄，坐在灶口一捆草垛上，把番薯冻坏的皮削掉，切成块，煮糖水番薯吃。

祖母说，番薯比爱情更可贵。当年闹饥荒，一碗糖水番薯救了她的命。那个给她吃糖水番薯的年轻人，就是祖父。为了报恩，祖母以身相许。实则是为了活命，跟着祖父，至少还有一口吃的。祖父给地主吕有财家当长工，好歹家里有几升白米，顶阔气的时候，白米里加了番薯，煮成番薯粥，那真是无上的美味。

祖母晚年牙齿掉光了，装上了假牙，却始终无法适应。于是把假牙摘下来，瘪了一张嘴，吃什么东西都不利索，只好吃南瓜和番薯。祖母去世前一个晚上，吃了一碗糖水南瓜。那时，祖母种的番薯还没来得及长大。不然祖母也许会吃一碗糖水番薯。

祖母去世那一年秋天，她种的那一畦番薯长得格外大，有几个赛过了小南瓜。祖父甚是稀奇，把番薯摆在屋檐下，过路的人瞧见了，都会惊叹一声。祖父笑嘻嘻地说：荷花种的哩。

祖母的名字叫荷花。荷花萎谢，只有祖父仍记得她的余香。我的祖父八十五岁仙逝，距祖母去世已是十余年之后。那时已经不允许土葬，祖父进了安息堂（公墓），因此青龙湾的河滩上，祖母墓地旁的那一只空墓穴，仍旧是空的。

现在，河滩上那一畦番薯地，只有吹过来又吹过去的风，古老又温柔的夕阳，陪伴着我的祖母了。

/ 端午记

泡了深山上的笋干，都是嫩头，撕成一条一条的。排骨水里焯一焯，去掉浮沫，放入笋干，加半锅水，小火焖，煲一锅排骨汤……拿一本书，坐在客厅的沙发上，随意翻几页。屋子里冷气开得很足，凉飕飕的，是夏日的况味了。

厨房的地砖上，摆了一溜儿青椒、茄子、黄瓜、番茄，青绿可爱，皆是我爸去乡下背回来的。我爸不辞辛劳，山长水远一麻袋一麻袋背回来。

我爸说，闺女，你不晓得乡下现在有多美，桃子结了一树，红彤彤的。梨树也挂了青果，橘子树长了青橘。总之无论瞅哪儿都欢喜。

你啥时候回去看看？

我爸巴不得让我也欢喜。

隔壁的邻居春妹好久未见我，颇觉奇怪地问我爸：四哥，你家闺女怎么不回来了？

我爸说，现在我住在闺女家。

以前，我隔一两个礼拜就回一趟乡下。春妹过来串门，坐半晌，喝一盏茶。到了吃饭时分，春妹起身告辞回家。有时给她添一双筷子，她也坚决不吃。

终究是不好意思了。小时候，到了饭点，哪个小孩子不是大摇大摆地坐到别人家的餐桌前。

故乡多久未归？一颗思乡的心日益浓了。

晚上翻看朋友圈，萍在发千亩荡的照片。夕光里，村庄、树木的暗影绵延成一片，一湖碧波，轻轻荡漾。这温软、柔和、宁静、梦幻之地，就是我的故园。

故园的湖，那从湖上吹来的风，亘古的落日，以及一草一木，皆为我所熟悉。

还有一湖心岛，飞翔盘旋的白鹭、灰鹭亦时常入到我的梦中。

我们以为，那个小岛是另一个奇幻的世界。岛上有小人国，有武林高手，有神仙。

夏天划了爷爷的小木船，登陆小岛。岛上荒兮兮的，不过几平方米的小岛，几块大石头，长了几株树，一丛芦苇。小木船系在树上，躺在芦苇丛里睡了一觉，醒来时天色已黑，小木船漂走了。

天地寂静，世界上仿佛只剩下我们几个人。一种恐惧和孤独紧紧地裹挟了我们。

所幸小木船漂得并不远，小黑哥游水过去，划了小木船过来，一个个狼狈地爬上小木船。忽然听到村庄里此起彼伏的喊声，一个村子的人倾巢而出寻找我们。

回去挨了一顿毒打，那是今生唯一一次挨的毒打。我爸一边打，一边问下次还偷不偷爷爷的小木船，还去不去荒岛，还敢不敢撒野。

不敢了，不敢了。嘴里嚷嚷道，眼皮却沉沉地，脑袋一歪睡着了。

很多年以后，当我们为人父母，才明白父母那一刻的担忧与恐惧。

世上的父母，无时无刻不为子女担惊受怕，唯恐有一星半点差池。世上的孩子，哪能体会父母的良苦用心！

端午节回婆婆家，沿着中山西路一直到底，一路上鸟语花香，犹如穿行在一个巨大的公园里，不见水田、旷野，只见路旁矗立着一个大红色雕塑，一块巨石上写着：光伏小镇。

昔日农舍，已变成五层高楼。

婆婆家的回迁小区，大门口有银行商场，小区内有健身器材、停车坪，草木扶疏，浓荫覆地。

婆婆做了两大桌子菜：黄鳝、黄瓜、黄鱼、烧鹅、红烧肉、野生虾。三亲六戚的人都聚到了一起。平日里忙碌，趁着过节，一起吃一顿饭。

吃完了纷纷作鸟兽散，上班的上班，回城的回城。只有老人，守在寂静的光阴里。

有时候觉得自己吃完饭就走有些残忍，但总给自己找理由，太忙了不是吗。忙着孩子、家务、工作、琐碎的事情，哪里有空回去。

婆婆盼着我们回去，忙上半天做一顿饭给我们吃，她也觉得欢喜。这大抵就是天下父母心。

可我们在外面住总觉得不自在，纵然父母的宅子也是。回到城里，顿觉自由自在。吹着凉气，听着音乐，翻书，煲汤，似乎，我们更习惯这样的城里生活。

好比我爸，在城里住了半年，仍嫌住不惯。

乡下多好啊，看看黄瓜、番茄、梨子、桃子，看看鸡和鸭，逗逗狗，一天的日子很快就过去了。不像在城里，简直像坐牢一样。

我爸以为，城里的空气都是不新鲜的。不像在乡下，空气有一股草木瓜果的香味。荷花开时，一个村子弥漫着荷花的幽香。

总之，居住在乡下接地气，对于身体是大有好处的。不像城里的高楼，几十层，悬在半空中，怪吓人的。

况且门一关，与世隔绝。我爸去邻居家送个蔬菜，有个邻居从门缝里挤出一句话：哪里来的糟老头？我爸恨恨的，下次再也不送了。

人心隔阂，人情淡薄，这是我爸对城里人的偏见。

不过也有例外。楼上有个桐乡老太太，收了我爸的菜，回赠了我们水磨年糕，前几日又送来一篮子油桃。

我爸挺不好意思的。我爸说，多难为情，拿别人东西。

我爸总觉得赠予别人，他更快乐。

端午节，我爸割了一把艾草，送给对门的邻居和楼上的老太太。老太太很欢喜地接过了艾草。对门的邻居也把艾草用红带子扎起来，倒挂在门上。

走出走进，有一股清冽之气。这来自故乡野地里的艾草，青翠苍绿，给长夏增添了一丝清凉。

我爸笑嘻嘻地说，下个礼拜，红心李子也熟了，我再采些拿到城里来。

/ 红心李子

下班回到家，茶几上摆了三个小竹篮：一篮子鸭蛋，一篮子黄瓜，还有一篮子红心李子。

我爸前几天一直在嘀咕：红心李子快熟了，哪天回乡下摘一些拿到城里。

我爸种的红心李子，个儿大、味道甜。简直没吃过这么好吃的红心李子。

抓了几个装在白瓷盆里，仔细端详，愈看愈好看：每一个红心李子里都有着太阳的光芒。

是的，那是一种令人炫目、迷醉的光芒。

还有一股浓郁、醉人的果香。

虽不是倾国倾城的槜李，但每个李子上都有一条柔和的凹痕，好像谁的纤纤素手刚刚掐过似的。说不定我爸种的红心李子和槜李是亲戚。

我们家之前有一株李子树，结的果子又小又酸不说，还硬邦邦的，硌牙，咬都咬不动。我爸一生气，把那株李子树给砍了。

去年春天，一个七星村陆园的朋友送我一株李子树。开花时节，我爸兴冲冲地说，闺女，你赶紧回来看哪，一树粉白粉白的花，像天边的云霞，飞到了我家小院。我爸说话的口吻简直像个诗人。

不过结的果还没变红呢，就被台风吹得七零八落。去年我家没吃上一颗红心李子。

今年我爸上了心，天天关注天气预报。梅雨、台风是李子树的两大刽子手。所幸今年刚刚入梅不久，李子已经红了呢。我爸高兴坏了，天天念叨着他的红心李子。

上个礼拜，上上个礼拜，我爸已经跟我念叨着哪天回乡下摘李子的事了。

昨天下了一场雨，可把我爸给急坏了。他说，万一把李子砸落了怎么办？我嘲笑他，又不是下冰雹。

我爸依旧愁眉不展，自言自语：果子顶娇贵了，要是接连下几天雨啊，今年的李子又要泡汤。

这不，我爸一大早就急匆匆回乡下去了。

快下班了，我给我爸打电话，他也不接，也许那会儿正在摘李子呢。总之，当我下了班去洗头店洗了个头，从店里出来的时候，我爸的电话拨回来了。

我爸乐呵呵地说，闺女，摘了红心李子呢，放在桌上。

我爸没提鸭蛋和黄瓜。那个他不稀罕，稀罕的是红心李子。

好比向同事说我们家老二。那个骄傲的口气，老大不稀罕，稀罕的是在地上爬来爬去的老二。

家里有饭，有菜，有爸，有妈，还有甜甜蜜蜜的红心李子。甜甜蜜蜜的时光。

自从爸妈住到我家以后，我几乎每天下了班就回家。那种居家的温馨与内心的安宁，是平时所不曾拥有的。

小时候，一直盼着快点长大，有一天可以离开父母。三十大几了，对父母倒是有了依恋和仰赖。这依恋和仰赖，随着父母的渐渐老去愈来愈深。

有时候，看着我妈在厨房忙碌，黑发里蹿出一丛丛的白发，猛然惊觉，我再不是昔日的小女孩了。

终究有一天，再也不能在父母怀中撒娇、卖萌。

爸和妈年纪大了，少了严厉，多了慈爱，并且返老还童了。

我爸说的话，有时像一个小孩子说的话。

譬如，我爸说：我种的李子是天底下最好吃的李子。

听听这口气，不是小孩子说的胡话么。

不过还真是如此，那些水果店买来的李子，要不软塌塌的，要不硬邦邦的。我爸种的李子，捏起来很有弹性，或者说是质感。手指捏下去时，有一股软绵绵的力，松开时又弹回来，好似捏一个小女孩的脸颊。

那是一张粉嘟嘟的小女孩的脸：光洁、饱满、瓷实、明亮，没有任何瑕疵。

大自然是何等耐心的画师，颜色上得这样匀称，不差一丝一毫。总有个早晚，然而这一篮红心李子，红得没有色差，仿佛是调和了同一个颜色涂上去的。

捏紧，松开，捏紧，松开，我迷恋上了这个游戏。直到小女孩气呼呼地嘟着嘴朝我抗议：大坏蛋，大坏蛋。

个儿呢，一个个均匀极了，如乒乓球大。

或许是这一株李子树品种特别好，结的果子个个又大又红，又或许是我爸特意挑了最大最红的一篮子拿给了我。

世上的父母，愿意倾尽所有，要把最好的东西留给孩子。

看到孩子快乐，他们便也快乐。看到孩子一天天沉稳长大，他们便觉安慰。

这一篮红心李子，何尝不是一个父亲的恩慈？它蕴藏着太阳的光芒，以及天地、光阴、宇宙的爱与能量。

/ 吃花菜会花心，吃桃子会走桃花运

我爸从乡下带来了一篮桃子。一篮粉嘟嘟、胖乎乎的水蜜桃。

我爸说，台风来了，怕吹落下来，摘了一大半。你不晓得，今年是桃子大年，院子里的那株桃树哟，缀满了桃子，几乎腰都直不起来了。

在我爸眼中，那株桃树，有脸蛋、有腰身，会哭、会笑、会闹。刚结青果时，小桃子只有拇指大，我爸舍不得掐，又怕到时果子结得小，狠着心肠掐掉一大半。结果，结的桃子又大又甜。

我爸我妈住在城里，三四天回一趟乡下，可是并没有人

偷桃子。

大伯馋我家的桃子，我爸回乡下时，大伯推开铁门进来，央我爸摘几个桃子。我爸摘了一篮送给大伯，又摘了一篮去大姑家。七十六岁的大姑，当了曾祖母，她的孙女淑琴，生了一个大胖小子。我当了表奶奶。

我爸说，那小子胖胳膊胖腿，脸蛋粉嘟嘟的，像桃子一样。

我爸对桃子绝对是真爱。桃子挂果以后，每隔两天就要回一趟乡下，无非是惦记那一株桃树。我爸说，闺女，你没见到，那一株桃树挂了满枝的桃子，孕妇一样饱满。

我爸又说，我种的桃子，是天底下最好吃的桃子。他倒不吹嘘，他种的桃子用的是有机肥，个儿大，还贼甜，唇齿留香。

我第一次发现，我爸种的桃子原来还有这样馥郁的香气，那种香气约略带了一点奶油味。总之，我无法描述桃子的滋味，只有你亲自尝过了才会明白。

我爸把一篮桃子挂在电瓶车笼头上，匆匆带到城里。

我叮嘱道，爸，过红绿灯小心点。还有，不要在机动车道上行驶，也不要逆向行驶，记得戴上头盔。

我爸说，晓得啦，我还在车上贴上了反光带，小区的姚阿姨好心送我的。

那天他没戴头盔，被交警拦下罚了十块钱。如今十块钱不值钱，只够买几个桃子。不过，这交警的意思咱明白，是让咱长个教训，提高安全意识。

我爸比起初到城里那会儿通情达理多了。初来乍到那会儿，简直一片茫然。每天像个小学生一样嘴里念念有词：红灯停，绿灯行。可是，一个路口有好几个红绿灯，到底看哪一个呢？我爸急得直挠脑袋。交警拦住他，他和交警吵架。理由是，乡下没有红绿灯，我咋知道怎么走。

最后，交警只好向他普及最基本的交规：大叔，你往哪一边走，就看哪一边的红绿灯。我爸过了很久才把过十字路口应该看哪个红绿灯这件事搞明白。

我爸说，这脑袋忒笨了。

我爸来到城里，偶尔也去小区楼底下散个步，和邻居老爷爷聊个天。邻居老爷爷养了条牧羊犬，高大威猛。我爸乍一见到，有几分畏惧。后来见那条狗十分温顺，便也不害怕了，去捋牧羊犬的毛。牧羊犬呢，冲我爸摇头摆尾。

我爸说，那个老爷爷其实很孤单，腿脚不便，靠电动轮椅出行，远的地方去不了，就在小区里逛逛。幸好有那条牧羊犬与他做个伴。

我爸说，城里不像乡下，可以串个门。城里的老人，一天也没人说说话，可不要得老年痴呆。

我爸上电梯下电梯，见人就说话。要是刚从乡下回来，就从蛇皮袋里掏出个桃儿、梨儿送给邻居。邻居推辞，我爸就说，乡下自家种的，绿色无公害哦。

邻居笑笑，说是十二楼有位大叔，长了一张韭菜面孔，为人特别热情。

有时我坐电梯，邻居笑嘻嘻地冲我说，你就是十二楼大叔的女儿啊。

我住了七八年，没几个人认识我，倒是我爸，才住了半年，就成了我们这幢楼的名人。

那一篮桃子搁在茶几上，粉红色的皮，布满淡金色的茸毛。我爸说，吃过这一茬，差不多就没有了。

桃子皮薄，贼甜，吮一口满口琼浆玉液。吃过我爸种的桃子，就再也不想吃别的桃子啦。哪怕别的桃子个儿比我爸种的桃子大，滋味也要寡淡得多。

我爸种的桃子吃了令人口舌生津，念念不忘。

这几天，单位组织疗养，去了一个仙人居住的地方，有茅舍、竹屋、一片桃林。满树红彤彤、喜滋滋的桃子，一见即是倾心。

山中老妇，挎了一篮桃子在山路旁售卖。两块钱一斤，简直比青菜还便宜。

那一篮桃子，个儿尖尖的，犹如王母娘娘的蟠桃。咬一口，唇齿留香。只不过硬邦邦的，有点硌牙。

吃花菜会花心，吃桃子会走桃花运。

而我想着，吃了这“王母娘娘的蟠桃”，会不会长生不老呢？

生命中的每一个时刻，都很美好，每一个时刻的自己，都须郑重对待，珍之爱之。

第三辑 — 每一个琐碎的日子都是良辰

/ 我爸的惜物之心

我妈做了一盘油焖茄子。她说，夏天到了，不必天天鱼肉荤腥，吃点素的就可以了。

我们家昨天的晚餐：四分之一个文虎酱鸭，一个凉拌黄瓜，一个笋尖排骨汤，还有一盆炒青椒。

茄子、黄瓜和青椒，都是我爸从乡下背来的。这时节，蔬菜多得吃不完。我爸隔一天回去一次，背一袋子回来，家里也吃不光，只好分赠给邻居。

黄瓜多得赠也赠不完，只好拿到办公室。这一阵，我每天吃过午饭，都会啃上一条黄瓜。

黄瓜的清香，有一股雨后青草的气息，感觉闷热浑浊的屋子里，一下子充斥了一股新鲜空气。

吃黄瓜不吐黄瓜皮。乡下自己种的黄瓜，不施药水，连皮吃下去，有清肠之功效。

嘿嘿，在这里给我爸种的黄瓜打个广告。

我爸种那么多蔬菜，从不卖掉一棵，只是为了给我们吃。

我们喜欢吃，我爸就高兴。

一大包蔬菜，是故乡的礼物，也是一个父亲的深情厚谊。

我爸的乐趣，便是日复一日打理他的菜园子，等着一粒种子发芽、长大、结果，那是大地的魔法。

望着窗外的雨，我爸说，入梅了，雨水一多，红心李子恐怕要烂掉。明天我回去摘下来，放几天就捂红了。我爸身在曹营心在汉，一颗心全惦记着乡下的瓜果蔬菜。

今年，桃树结的果子多，不过个儿小。我爸说，就怕雨水，果子不持重，坠落下来。我爸心疼他的桃和李，简直像心疼小孩子一样。

我说，爸，坠了就坠了，我们买一点吃。

我爸说，我种的和买来的可不一样。

我爸总觉得，自己种的桃子，像王母娘娘的仙桃一样，吃了可以长生不老。

去年夏天，我爸带了一篮桃子到城里，个儿贼大，粉妆玉琢，吃起来鲜美无比。我爸骄傲地说，闺女，怎么样，没骗你吧，爸种的桃子，是不是比买的好吃一百倍？

是，是，是，爸种的桃子，是天底下最好吃的桃子。

我爸把个头大、味道甜的桃子拿到城里，自己吃的是虫子咬过的、风吹落的、个儿小的。

我爸有一个古怪的癖好，吃东西喜欢先吃坏的。譬如吃一个西瓜，先吃藤枯掉的。一箱王店小西瓜，吃到后来，个个藤枯掉了，干巴巴的。

我说，爸，为啥不先吃青藤的，新鲜的。

我爸说，那剩下来的吃不得了咋办？

扔掉呗。

我爸狠狠地瞪了我一眼。

我爸穿衣服亦是，喜欢穿破衣旧衫。新衣服藏在柜子里，让它慢慢变旧。好似只有穿旧衣服才觉得舒服自在。

我爸有时嫌我们铺张浪费，一大桌子菜扔了，吃不掉多可惜。

我爸舍不得倒掉剩菜。我跟他说剩菜有毒，他才不情不愿倒了，下次做饭时，嘱咐我妈做两个菜够了。

我爸的那一颗惜物之心，实在值得我学习。

布衣素食，简静生活，惜物恋人。

愿心思清净，怀有一颗惜物、敬人之心。愿不失本真，拥有温柔、简单、清净、美好的日常。

/ 一个人，吃出人间好滋味

一个人去避风塘，点了虾饺、白糖糕，还有一客南瓜盅。

很喜欢避风塘的红茶，茶汤呈琥珀色，喝起来很温润。一壶茶，一个人自斟自饮。这样的光阴真好。

一个人，读喜爱的书，吃喜爱的食物，做喜爱的事，见喜爱的人。愈来愈喜欢简单、清净的生活。纵使一个人，内心也觉得丰盈满足。

人生如一瞬，须臾即永恒。那个在时光的荒野上茫然四顾的女孩子，不知不觉走到了人生的初冬之际。然而一颗心终是平静淡然，不觉衰老有多可怖。

那天去理发店洗头，吹头发的时候，理发小哥惊讶地说，姐，怎么你有白头发了。是呀，那一小丛白发，藏在底下，平日里倒也瞧不见，有时风一吹，一低首，不经意却显露了出来。我呀，早已见怪不怪。倒是理发小哥比我还着急，姐，要不要替你刷一把？不要了吧，顺其自然好啦。

刷一下，亦只是掩耳盗铃。过不了多久白头发又会冒出来。总之，一切顺应自然为最好。譬如眼角的鱼尾纹，一条条小鱼似的游出来。起先也惊慌失措，买很贵的眼霜搽，并不见得有多大效果。渐渐就释然了。老了有老了的样子，老有老的美。

生命中的每一个时刻，都很美好。每一个时刻的自己，都须郑重对待，珍之爱之。

一个人，若是连自己都不悦纳、接受、喜爱自己，又怎会得到别人的喜爱？

隔壁桌有一对小夫妻。女的穿一件大红色毛衣，化了淡妆，脸上有两个笑窝——她一直盈盈浅笑，想必是一个极温柔的妻子。丈夫替她夹菜，不过一块芥蓝，一只虾仁。她吃得津津有味，好似这是世上最好吃的食物。

桌上摆了一个精致的不锈钢架子，装着五色点心。那个架子会自动旋转，发出悦耳的声音。

这一刻光阴，于那一对小夫妻心中，亦是赏心悦目。

虾饺有四种颜色，赤、橙、黄、绿，摆在白瓷盘里，甚是好看。白糖糕切成薄片，酸酸甜甜，有一股甜酒酿的味道。南瓜盅也端上来了，揭开盖子，上面覆了一片紫苏叶。若有似无的清香，从时光里传来。

里面放了火腿、菌菇和栗子，还有芝士，揭开盖子，把南瓜柄先吃了，再一勺一勺喝汤。一碗汤，经了火候，亦这样滋味无穷，吃出了人世的好滋味。

犹如一个人，在时光中修炼，不断打磨，渐渐安静知足，恬淡柔和。

最好的光阴，无非就是这样，删繁就简，平和冲淡，像一壶温润的茶，散发着琥珀的光泽。像一束光，温暖地照耀。守着春花秋月，寂静的流年。

如此，一个人的光阴，亦有说不出的欢喜与温柔。

一个人，若是视线看得到远处，想必视野也会宽一些。一个人，若是心中有山水自然，想必心胸也会变得开阔一些。一个人，若是趋向光明与美好的事物，想必光明与美好便会与他同在。

也许有一天，那一束光，照耀山川日月，照耀你，也照耀我。

/ 每一个琐碎的日子都是良辰

1

周四我爸和我妈回乡下。

下了班，先生来接我，问我想吃点啥。

挠挠脑袋，想了半天说，去吃鱼吧。

从学校出来，拐过两个红绿灯，到一个名字叫“盛世豪庭”的小区门口。那里开了几家吃鱼的店：柠檬鱼，清水鱼，酸菜鱼……柠檬鱼那一家上回吃过了，这回就去隔壁一家吃清水鱼。

清水鱼，当然是开化清水鱼。不知什么时候，小城开了很多家清水鱼店。每家店装修都极朴素，不过几张木桌子木椅子，生意却十分火爆。

进门这一会儿，来了三四拨客人。有人嚷嚷着要包厢，老板娘说，早就订完了。

老板娘给每一桌端上来一盘葵花籽，是小时候吃到的自家炒的葵花籽，又或者是阿勒泰李娟妈妈种的，万亩葵花地结出的葵花籽。总之，我喜欢葵花籽的滋味，虽然单调，可是脆极了，香极了。

一边嗑葵花子，一边等着上菜。葵花籽刚嗑完，第一道菜端上来了。

上汤青蛳。青蛳，我是第一次见到，个头比本地螺蛳略小一些，乌青色的壳，里面的肉也是青色的，尤其是尾部一截，简直像用绿颜料染过了似的。

青蛳吃起来有点苦。平时吃到苦的东西，大多是植物，譬如苦菜、苦瓜。我妈小时候杀鱼，不小心刺破了鱼胆，鱼肉吃起来也是苦的。这青蛳，不知为什么发苦。或许它为了自保，分泌苦汁，想不被人吃掉。不幸的是，人偏偏要吃它，并且趋之若鹜。

况且夏日，吃一点苦味的东西，可以去燥火。几乎每个餐桌上，都有一盘青蛳，覆了几片紫苏叶。

紫苏也是山上的植物。有一回我去江郎山，吃到过紫苏，闻之有一股异味，可是吃了以后，唇齿皆有余香。江郎山是个好地方，那一回，我还吃到了清炒栀子花。端上来好大一盘，白色的花朵变得黄乎乎、皱巴巴，已经看不出栀子花的娇柔了。可是夹了一筷尝一尝，分明，嘴里有一股清甜悠远的香。

自此对衢州菜念念不忘。

友人华诚写过一篇文：《紫苏的紫，紫苏的苏》。

紫苏是一个明眸皓齿的女子，穿了紫衣，伫立在野地里。初夏的风，吹过紫色的衣裙，吹过她芬芳的心。

那个采撷紫苏的人，戴一顶草帽，挎了一只小竹篮，低低念着一个人的名字。

脑中的画面至此结束，清水鱼端了上来。

点菜的时候，老板娘问是土烧还是剁椒？当然是土烧。土烧，就是按照衢州菜的做法，清水鱼里放紫苏、酸豆角、老姜、香葱和蒜头。

酸豆角真酸啊，酸得腮帮都鼓起来了。

几片紫苏，把一锅鱼汤染成了淡紫色。那是时光一样清淡、幽雅的紫，梦境一样迂回、缱绻。

时光老了，情爱不老。

他替我挑鱼刺，把挑好的鱼肉，一筷筷搛到我碗里。

这个初夏的黄昏，在一个小区门口的小饭馆，两个人头抵头，吃一锅清水鱼。日子素静、平淡，然而平淡之中，亦蕴藏着柔情与蜜意。细小的欢愉，从心底升起来，水波一样轻轻漾开去。

把每一个日子都当作良辰，倾心于眼前细小的欢愉，生命才是饱满。

烟火俗世，若有一个人愿意陪你一起吃饭、说话，慢慢变老。即是我们的福祉。

2

周末去逛八佰伴，在四楼的漫书咖转了一圈，买了一本插画书。又在三楼的一家生活馆买了拖鞋、靠垫、棉布睡衣。

晚饭在避风塘吃，邻居阿拉丁早早去排了队，点了肠粉、凉拌木耳、虾饺、牛腩汤、叉烧拼盘，还有海鲜炒饭、榴莲泡芙和冰淇淋。

我一边看插画书，一边等上菜。济慈在诗中写道：天堂就是，给我书本，水果和法国酒，以及好天气。

也许幸福就是这么简单，吃一餐饭，去林荫路上散一会儿步，看一片雨荷，听一片蛙声。

有个女孩子最喜欢的事情是逛菜市场。捧着皱巴巴的便笺纸，在黄瓜与西红柿之间穿过来穿过去，不停地问摊主“黄瓜要怎么挑呢？”“西红柿是红的好吃还是青的好吃？”然后拎着大袋小袋心满意足回家。

在初夏的好天气里，一个人早早起床，在阳台上的白瓷水槽里，把几件棉与麻的衬衣洗净、绞干，晾在从宜家买来的白色塑料衣架上，绿萝似的一串，甚是好看。

窗台上摆了一盆盆多肉，热热闹闹的，有几盆顶端还开出了淡黄色的小花，看了真叫人高兴。

我发现，那些生命中美好的时刻，往往来自一些细小的事情。

譬如有一次，夜宿一个不知名的山庄，从山庄旁的一条小路，走到起伏的茶山上，四周那么安静，静得可以听到峡谷里传来的流水声。

雾气氤氲飘浮上来，人似走在一幅画中。在山路旁摘了一朵花，插玻璃水瓶里。我晓得那朵花会欢喜，因我并不摘了就随意地掷在地上，而是用清水养起来，爱她赏她。

万物有灵性传递。你会因为倾听到一朵花开的声音，心中充满了寂静的欢喜。

那天，听一位心理医生说，一个得抑郁症的人，最好的法子是让他去乡下，抡起锄头种一亩地。看一株植物渐渐开花结果，果子渐渐由青变红。

细小的事物上，闪耀着生命的光华。

所以，我总是隔一段时间就去逛家居馆，买拖鞋、花瓶、杯子，一堆无用的小东西回来。

亦经常买鲜花，在打开房间的那个瞬间，闻到一阵实实在在的香气。那香气，实在令人疲惫顿消，神清气爽。

我想，之所以在黯淡的日子里，依然可以窥见光芒，获得信心、勇气与力量，大约，与我终日迷恋那些细小的事物不无关系。

正是那些细小的事物，令幸福来敲门。

3

去健身馆约了一堂瑜伽课。

七点三十分的课，七点二十五分，拿上手机、钥匙和水杯，下楼。

健身馆就在小区里面。下了电梯，走五十米即到。不过，去的次数并不多。总是有这样那样的借口，其实是偷懒。运动是一件辛苦的事呀，窝在沙发上吃水果、看书多舒服。

不过，看着肚子上的赘肉一点一点多起来，还长出了双下巴，无论如何要去运动了。不然真要变成令人讨厌的中年妇女。

健身馆里人头攒动，跑步、游泳、肚皮舞，一个个项目热火朝天。我上了二楼，走进瑜伽室，坐到垫子上，双手合十，低头冥想。

抛除杂念，放空自己，什么也不要想，这一刻，把注意力放在呼吸上。

瑜伽老师的声音，从很远的地方飘过来。身体飘飘悠悠，仿佛被放逐到宇宙之外。

一个人的呼吸顺畅了，心就安静了下来，天地万物也皆和顺了。

瑜伽从调匀呼吸开始，然后开始训练体式。对于我这样平时不经常练习的人，每一个体式做起来都很吃力。

不要跟别人比，和自己比。比昨天的自己，进步一点点也是好的。

老师走到我身边轻声鼓励。

如果每一天，我们都能比昨天的自己进步一点点，那么有一天，丑小鸭岂不是会变成白天鹅？

只是进步谈何容易，有时非但不会进步，还会退后。就像练瑜伽，很长一段时间不去，很多动作都生疏了，很多体式都做不到位了。

什么事情，一旦疏于练习就会退化。

写作也是如此，很长一段时间不写，坐在电脑前半天写不出几句话。要是每天写，文思如泉涌，一个小时可以写一千字。

强大的习惯和惯性。

一个小时瑜伽练下来，腰酸背痛，四肢发麻。是肌肉一直处于放松状态，忽然拉直绷紧了的缘故。

想着以后每天坚持去上一堂瑜伽课。一个月、半年，大约就会看到效果。

一日一日，水滴石穿，生命在我们身上流逝，似乎无所察觉。然而不知不觉，那个镜中人头发花白，长出了皱纹。

那天看一个女孩子化老年妆，进化妆室前还是唇红齿白，眼睛黑亮的少女。从化妆室出来，已然是一个迟暮的老太太。眼泪止不住掉下来。

在时光的荒野里，生命不过如一颗砂砾。

千百年后，地球上仍将有我们的后裔，而我们，已无人可记起。

唯独此时，此刻，在瑜伽室，我双手合十，内心一片清净、柔和，并且充满了感恩与喜悦。

4

摩尔旁有一家cake shop，布置得很文艺，卖蛋糕，也卖各种饮料：姜母茶、五谷燕麦、椰浆红豆、桂圆红枣茶。点了一杯桂圆红枣茶。红枣、桂圆干切成片，加了两勺奶冲泡，沏在一只白底蓝花的马克杯里。店员端过来时，很贴心地叮嘱一句，小心烫哦。一阵暖意从茫茫人海里升起来。

坐在靠窗的一张木桌子上，一边吹，一边小心地喝着这杯沏得很烫的茶——唇齿间有着一股甜甜的红枣香，便觉得日子也是甜滋滋的。

我暗暗想道，其实开一家蛋糕店也不错，至少每天有奶油蛋糕吃，有咖啡和茶喝。还可以尝试做各种新品——一定是一件很有趣的事情哦——我是一个蛋糕控，一见到白白的奶油，上面镶嵌着一圈红宝石一样的草莓，就再也挪不动步子了。有时候一个人在家，就买一只蛋糕，用小勺子一勺一勺挖着吃，顿觉人生再没有什么可遗憾的了。

如果世上还有喜欢做的事情，喜欢吃的东西，喜欢的人，那么人生还有什么遗憾的呢？遗憾的是，我们总是茫然无知，不知道自己喜欢做的事情是什么，喜欢吃的东西是什么，喜欢的人是谁。于是不免长吁短叹。

哀叹着自己不是自由身——没有自由的时间，要工作啊。可是，你有没有想过，要是不工作，把所有的时间都给你，你会用来做什么？

我不是一个有自控力、有节制的人。如果把所有的时间给我，恐怕会变得一团糟吧。每年寒假、暑假，我总是睡到日上三竿，吃过午饭，睡个午觉，很快又到了晚上。

一日不知不觉只剩下了几个小时，况且这几个小时也是被用来浪费掉的。反而是忙忙碌碌的日子，倒会忙里偷闲，那片刻的闲暇，总觉得是偷来的，所以分外珍贵。

譬如这一会儿，我就坐在那家蛋糕店里，等女儿兴趣班下课，有将近一个小时属于自己。这一个小时，我悠闲地坐在蛋糕店里，打开电脑。其实也没有想写什么，只是随便敲几行字。

有一阵，我很想充当一个光阴的记录者，坚持写了几年日记。我发现了一件很奇特的事情：每一个看似平淡、重复的日子，竟不完全是平淡、重复的。原来，每一天都是新鲜的。

把那几年的日记挑了一些打印了出来，放在抽屉里。心里就有一种很踏实、妥帖的感觉。仿佛那些时光都不曾虚度。

现在，书桌上的抽屉里仍放着那本日记簿。翻到去年五月二十五日的那一页：

下班以后路过星巴克，进去点了一杯榛果玛奇朵。

天真热呀。来星巴克点咖啡的人一拨接着一拨。连站在咖啡店外面发广告纸的某房产公司员工，也跑到里面点星冰乐。

说起来，已经很久不去咖啡店了。不过，当我工作得很疲倦的时候，总想喝上一杯香喷喷的咖啡，无论怎样，一杯咖啡喝下去，立马就有好心情去应付接下来的事情了。

今天看到一句话，再日常的生活，也是美好的。

勉励自己，要生活得简单而不失快乐。在琐碎的日常里，去一点一点发现美好。

一个热爱日常生活的人，会常怀一颗美好之心。看起来就会显得神采奕奕些，也会使看的人，生出欢喜之心吧。

那些记录下来的光阴，每一个琐碎的日子，都是我的良辰。

/ 大风起兮云飞扬

1

今日大风。风吹得树叶稀里哗啦掉下来。去年的旧叶，还在树上悬着，这下可好，全吹落下来了。吹得马路上一片流光溢彩。不由得叹息，环卫工人有一阵好忙碌了。

还有淡黄色的花，不知是槐花，还是小娘儿脚，也簌簌地掉下来，落到头发上，脖颈里。

大风起兮云飞扬。

这么大的风，在春天还是头一遭。劈头盖脸吹到头上、脸上，令人有一种眩晕的感觉。

伫立在马路上等快车，等得有些久了，起了瑟缩之意。

一上快车，遂跟快车师傅抱怨道：这么大的风呢。

快车师傅在后视镜瞅了我一眼，考考你，春天为什么要刮风?

脑筋急转弯么?

不是。

且说来听听。

植物要散播自己的种子啊。再不使劲吹，春天很快就要过去了。那些植物的种子，就没办法落地生根了。所以啊，风是要奋力一搏，把植物的种子尽可能地播撒到远处去。

风乱吹，花乱开，原来是这个道理呀。这个快车师傅，简直是个哲学家呢。

本来有点阴霾的心情，立马转了晴。

纵使囿于马路中央的花坛一隅，一株树，亦有一株树的理想。那一株树，一日日蓊郁葱茏起来，努力接近头顶的那方天空。

之前心里生出的那一点灰暗，立刻消失得无影无踪了。

有的人身上自带光芒，和他们在一起，会被光芒笼罩，觉得分外温暖。

今天受悦读书房朱越勤女士的邀约，特地赶去相见。

新书出来以后，有一天悦读书房的朋友加了我微信。过了两天，发来消息说，那天联系了你，没看见回复，是不是我的手机有问题。

这才很不好意思地回复她。

悦读书房告诉我，想在书店搞个沙龙。有空让我去坐坐，见个面。

一直抽不出时间。白天我上班，晚上她不在书房。一个月过去了，还没接上头。这不，放假了，悦读书房发来微信：7号从上午十点至下午六点都在店里，有空过来坐坐吗？

回复好的。

一直忙到下午五点才出门。快到店时，唯恐人不在，发了微信：在吗？

回过来，在。

好，马上到。

终于见到了庐山真面目。很朴素的一家店，两层小楼。楼上有个小书吧，木桌子、木椅子，可以喝茶聊天。

我一坐下，女主人即泡了一杯白茶。

然后开门见山，问我活动是沙龙形式，还是讲座？

我说，就像朋友那样聊天即可。因并不擅长言辞，讲座谈不上。还是沙龙比较妥帖。

问越勤这家店开了多久，答曰十年。一家独立书店，在这城市一个角落里，默默坚守了十年，想来令人十分感动。

并不当事业做，只是喜欢书。晚上有两个兼职的女孩子，给很少的工资，也只是因为喜欢读书，特地来店里帮忙。下午六时至九时，女主人回家陪孩子，书店交给两个女孩子打理。

书店开辟了一个书架，供读者换书。带一本书过来，可以换走书架上的另一本。这一个书架上的书，像一个个漂流瓶，漂到了这一座城市的爱书人手里。

“优秀的人像火焰，和他们在一起久了，就再也不想回到平庸和黑暗。”

那天在朋友圈看到梦霁发的这句话。

细思深以为是。

觉得自己很幸运，遇见了很多优秀的人。在他们身上，窥见了光明、信念、勇气和力量。

大到一座城市的规划、建设者，一个艺术中心的策划人，一个企业的老总。

小到一个独立书店女主人，一个快车师傅，一个快递小哥。

每一个人身上，都有独特与闪光之处。

这几天，朋友圈被杭州一个快递小哥雷海为刷屏。这位快递小哥在《中国诗词大会中》，一路过五关斩六将，击败了对手。

“你在读书上花的任何时间，都会在某一个时间给你回报。”

腹有诗书气自华。

愿意结交一些爱读书的朋友。

一个爱读书的人，一定是有情怀、有趣味的人。

于我而言，写作的乐趣，不过只是撷取生活中的一些美好的瞬间，并且把它们记录下来罢了。

去八佰伴买了两个布包包。一个浅蓝，一个纯白，皆是很朴素的蓝和白。还有一盆多肉。名字取得美：昂斯诺。栽在一只墨绿色阔口陶罐里。那个卖多肉的女孩子告诉我，养了两年，才长大了一点点。回去好好养哦。

抱着那只陶罐回家，把它摆在书桌上，一直到现在心里还是美滋滋的呢。

写字写累了，看一眼这盆多肉。遂觉得写字也是天底下最快乐的事了。

2

从书房主人邀约，发出公众号到新书沙龙，又已经一个月过去了。

时令也到了初夏。新书《日常》，已经不是新书了。

越勤问我，关于沙龙的题目有什么提议？想都没想就回了她：我们的日常之美。

一拨人聚拢在一起，谈一谈日常之美、生活之美，想来是一件美好的事。

下了一天的雨。中午时越勤发了微信：雨好大，要来接你吗？

不用呢，自己过来好了。

好的，慢点开。车子可以停书房旁边的地下车库，没有挂车牌的车位上。

提早了十分钟到书房。

雨夜，落地玻璃窗，一盏温暖的灯，——愿悦读照亮你的心灵。一句话浮上心头。

上了二楼，两张木桌子拼起来，铺了淡绿色方格子布，桌上摆了一只花瓶，插了黄玫瑰和白玫瑰，布置得十分温馨、雅致。

书房总共邀约了十五位书友。他们之中有嘉兴学院历史系、中文系老师，职场白领，销售人员……

一拨人皆因为爱读书，冒着雨前来。

一个脸庞圆圆的女孩子说，不知怎的，想着今天无论如何要过来，于是就来了。冥冥之中必有神奇的缘分。

我的朋友子仪也来了。与子仪相识、相交十年，并不时常见面，然而见了总觉得分外亲切、亲近，犹如姊妹，毫无隔阂、疏离。十年的光阴，慢慢地打磨、改变了我们。彼此的情意却不曾改变。

犹记得当年一个下雪天，和子仪、草白在一家钱塘茶人的茶室见面，商量三个人合印一本集子，我们的忘年交史念先生，指着窗外的茫茫大雪说，你们的集子，就叫《映雪集》如何？

大家击掌说好。

于是，印了三期《映雪集》。

第三期，由《浙江作家》主编海飞策划出了一集特别增刊。巴金文学馆馆长周立民先生作了序。

很幸运呢，十载光阴，不曾辜负与虚度。后来的我们，仍旧是我们。

十年的友谊，亦是最美的时光。

今天和大家谈日常之美，生活之美，当然离不开友情之美、艺术之美、文学之美，还有孤独之美、灵魂之美。

美是那些看似无用的东西，文学、艺术，当不得饭吃，当不了衣服穿，然而恰恰是美。

美不一定是中规中矩的，美是桌上那一束玫瑰。美也是路边的野花，一株被雷劈过的树，爆出的绿芽，自由蓬勃的生命。

美甚至还是那些丑陋的东西。揭露丑，亦是为了呈现美。

大美无言。

一片白茫茫的大雪，什么也没有，一句话也说不出来，唯有两行清泪掉下来。那种天地之间苍茫寥落之美，美到失语，但是却深深地震撼了你的灵魂。

朱生豪写给宋清如的情书：

世界是一片大的草原，山在远处，青天在顶上，溪流在足下，鸟声在树上，如睡眠的静谧，没有一个人，只有你我……

要是我们两人一同在雨声里做梦，那境界是如何不同，或者一同在雨声里失眠，那也是何等有味。

美是两颗心的相印，交融呼应。两个灵魂的碰撞，抵死缠绵。

美是懂得、慈悲。

美也是今天，我们这些也许一生不会相见的人，彼此见到了。在这个温馨的书房里，聊着天，说着话。

愿阅读的灯光，照亮我们的心灵。

愿我们拥有美好生活，拥抱美的人生。

不知不觉，从下午七点一直聊到晚上九点二十。这一座小城，一家独立书店，温暖的灯火，摇曳在雨夜中。

而我抱着书房主人赠的一束玫瑰花，走在雨夜里。

心里美滋滋的。

3

最后谈谈《日常》这本书。

封面简洁、干净，不过是十五个白底小方格上，绘了三帧小画：一只衔花的燕子，从春风里飞来，在屋檐下筑了巢。“燕子，燕子，你说些什么话？”

“不吃你米，不吃你谷，只借你一间屋住。”

那一只小燕子，勾起了我们对童年、故园、亲人的回忆和怀念。三十年过去了，我家的屋檐底下，那个燕子窝还在。我们何尝不是一只只乳燕，循着春风，一年一年飞回故乡。

一只白底蓝边花碗，一碗素面。大鱼大肉、荤腥吃多了，不由得思念母亲做的一碗阳春面。清汤寡水，浮着几朵葱花。那一碗素面，有着亲人的挚爱，世上的恩慈。

还有一盆小小的绿植。总是迷恋、醉心于这些小盆栽。每次去月河，都忍不住抱回来几盆。

看见那些古老的廊檐下，随意摆的一只石臼，一只水缸，那些陶陶罐罐，再也挪不动脚步了。

那一只水缸里，栽了铜钱草，映着天光、云影，几条小金鱼在云朵上游过来游过去。

便觉人世之美，犹如幻象。

万象皆幻象，书是吾故人。

如此，晤一本书，犹如晤一个故人。

适逢刮大风、下大雨，也没什么大不了的。关上门窗，煮一壶茶，且喝茶，诉衷肠。

/ 熏鱼和菜饭

1

春困，早上总是睡不醒，被梦境牢牢缠着，一夜乱梦飞渡。梦见少年时考试，揭榜时上面没有我的名字。眼睛贴着榜单从头至尾看了一遍，还是没有。伤心得蹲在地上大哭。又梦见两只鞋子，黑色，一只布鞋，一只皮鞋。七八岁的小人儿的鞋子。一个班一个班问过去，谁掉了鞋子。都回答说没有。这是谁的鞋子呢？真是苦恼极了。还梦见一场瓢泼大雨，晒在阳台上的被单湿透了，淋成了落汤鸡。

究竟内心藏着怎样的纠结与不安，才会做这些乱七八糟的梦？

早上起来，坐在餐桌旁，人还是怔怔地，未醒过来似的。喝了一碗白粥，下负二楼，由孩子她爸送去上班。到了学校门口下车，推开车门，湿漉漉的马路上，落了一地香樟花。米粒般大，淡黄色，香气散淡悠远。这时候，才算彻底醒了过来。

一日日，周而复始。似乎每天都在重复单调与琐碎的日子。记得谁说过，单调琐碎的日子是一种幸福。若是陷于颠沛流离、动荡不安，那才是辛苦。似乎是这个理。

夜里去接女儿。在校门口遇见女儿同学的妈，捂着胸口说，差一点被一辆面包车撞了，若是快一秒，这会儿恐怕已经在沈家桥了。女儿同学的妈犹自惊悸后怕。夜里下雨，学校门前路灯又暗，行车视线差，想必那辆面包车司机一下子看不见从马路对面蹿出来一个人。

有时候想想，我们活着多么不容易，灾难随时会从天而降。所以要心怀感恩，这么想着，暂且把焦躁、不安和忧虑抛了去。

女儿的成绩差强人意。有一天，女儿哭泣着说，妈妈，我以后会被淘汰的是不是？

我的心一惊，问她为什么这么想。

女儿说，以后考不上好的大学，找不到好的工作，赚不了钱，就会被淘汰。

怎么会？条条大路通罗马。就是当一个卖水果的小贩，也可以度日。只要每天开开心心、健健康康就好了。

只要尽到自己最大的努力就可以了。

我的这一番话，不知是否打消了女儿的顾虑。事实上，天底下哪个父母不希望自己的孩子成龙成凤，念一个好学校，找一个好工作，成为精英，娶白富美、嫁高富帅。然而自己都没办法做到的事情，为什么要寄托在孩子身上？

一个人，若将来可以自食其力，认真做好每一件事，便是有用的人。

2

自从爸妈搬走了以后，每天要花很多时间在家务活上。下班回家第一件事是洗水槽里的碗（早上赶着去上班，把碗堆在水槽里）。把电饭煲里的剩粥倒掉，淘米，插电煮饭。发现消毒柜的底盘又生了锈，拿出来一并洗刷了。冰箱里的番茄、毛豆放了好几日，取出扔进垃圾桶。再把脏衣服扔进洗衣机。

今天下班回家，见厨房的篮子里有一篮莴苣。爸来过家里了。搬个小板凳，把莴苣叶掰掉，放进冰箱里。这些莴苣，翠绿可喜，搁在冰箱里有一股清冽之气。

爸总是悄然而来，放下东西就走。

有时，我心里也觉愧疚。过了年以后不曾回过一次乡下，总是抽不出时间。况且爸和妈也住在城里，去不去乡下也无所谓。可是一颗心却渐觉荒芜。一个春天，没有吹过旷野里的风，看过悠悠浮云，一颗心便是寂寞的。

从前不知什么是寂寞，现在知道了。

寂寞是一条小蛇，蜿蜒在中年的路途。

那天婆婆来家里，坐在沙发上，忽然盯着我，怎么你也长白头发了。说着，拿一把剪刀给我剪掉了那根白发。婆婆叮嘱我，白发切不可拔掉，拔一根长十根呢。

不晓得是不是这个样子。去年和思诗在一个办公室，思诗经常帮我拔白头发，拔下的一撮，放在一张黑色卡纸上。思诗说，姐，你的作品。

两个人相视大笑。

今年，换到了另一个办公室。思诗结婚、怀孕，步入了一生中最好的时光，而我的白发越来越多，鬓角有好大一丛，怎么也拔不尽了，真令人绝望啊。

有一天去理发店，理发师说，要不要刷一把？说着，拿着刷子把那一丛白发刷黑了。镜中的黑发女孩，脸庞圆润，好似一下子年轻了十岁。可是好景不长，隔了一个月，白发又重新长出来。半截白，半截黑，比之前更加触目惊心。

于是只好认命。

岁月是把杀猪刀，刀刀催人老。老是一件必然会到来的事情。

这一张脸，正在以不可遏制的加速度一日日衰老——那个镜中人，肤色黯淡，黑眼圈，眼角有了细纹。下巴上有痘印，色素沉淀淤积在那里，久久褪不去，变作了黑斑。这是一张多么苍老的脸啊，简直令人惊惧。

那天聚餐，女友赠了我一盒香奈儿粉饼，说是好好扑点粉，看你都憔悴成啥样了。

这憔悴日复一日，水滴石穿，一点一点聚拢起来，已经渗透到了灵魂和骨子里。搽多贵的眼霜、扑再厚的粉也不抵用了。

从前一双嫩白的柔荑小手，如今囿于家务事，也变得粗糙不堪，干燥，有了裂口，有时真是绝望地想要哭一场。

然而擦干泪水，仍奋力地活成一株树，一个生活的勇士。

美食与书，是唯一的慰藉。

一日日沉浮于书海，暂且忘记了俗世的烦恼与艰辛。让心灵归于安宁。

还有绘画、音乐：

庭前花木满，院外小径芳。

四时常相往，晴日共剪窗。

有时候心情郁闷，打开QQ音乐，反复听程璧的一首歌。那天籁一样的声音，直击心灵。令人觉得人世尚且有美好、柔情与暖意。

唯艺术可以带给人内心的平和与安宁，亦慰藉了一颗孤独和寂寞的心。

3

晚饭吃熏鱼和咸肉菜饭。

龙悦酒店叫的外卖。老上海熏鱼非常地道，炸得极脆，浇了汤汁，鲜甜可口。想起小时候过年，爸爸在屋子里炸熏鱼，油锅冒烟，切好的鱼块扔进锅里，一块块沉浮，满屋子的香气。

熏鱼也叫爆鱼。这事还闹过一个笑话。有一次，我对一个北方来的朋友说，请你吃爆鱼。结果，吃到席散，仍不见桌上有鲍鱼。朋友忍不住问，鲍鱼呢？我指着盘子里的熏鱼说，这个就是爆鱼呀。

秀洲有一家兴荣面馆，有爆鱼面。也是我爱吃的。那个爆鱼面，有青椒丝、肚片、青菜，还可以加一只荷包蛋。有时下了班饥肠辘辘，直奔面店，点一碗爆鱼面，坐在落地玻璃窗前，一个人慢慢地吃。

街景像扑克牌一样翻过来，又翻过去。

这样的日子，是我所喜欢的。

孟母三迁。而我在这小城中，也已经第三次迁居了。愈来愈往城西，已经快到城郊结合的地带了。再往西，就是一片旷野和光伏小镇。

那天听婆婆说，我们禾平街的小房子也第二次易主了。那对小夫妻买了新房子，马上要搬走了。只有楼上婆婆还住在那里。楼上婆婆八十多岁了，在电话里只是翻来覆去说一句，兰英你要来看我哦。

婆婆说，好哇，等天气暖一点就来看你。

婆婆说着掉下眼泪，不知不觉怎么就老了呢。

我们谁也无法抵挡岁月的潮汐、时光的坏毁。

只是一步一步走下去，有时会深感孤单无援，有一种深深的悲怆感。然而有一天，那个伫立在茫茫旷野上的小女孩，终于冲破重重险境，奋力活成了另一个人。

我们从虚空处来，到虚空处去。

这中间所走过的路途，都有爱的滋养、生命的恩慈。

也许因为这个世界有白昼也有黑夜，有冬天也有春天。所以光明总是与黑暗交错，寒冷总是和温暖相随。

真是无比热爱熏鱼和菜饭的滋味啊。犹如无比热爱这烟火俗世，滚滚红尘。

/ 五月

1

中午带孩子们去食堂，穿过楼底下的香樟树，被一阵香气所笼罩。好香啊。忍不住吸了吸鼻子。

香樟的花，细密、洁白，米粒一般大。簌簌掉下来，地上铺了薄薄一层。这时节，色彩艳丽的花几乎都谢了，唯香樟的花，袅袅在风中。

一座小城，皆是香樟花的香气。

五月，淡夏已至，柔情而旖旎。早上起来，穿着一件薄衫即可出门。这几天厚外套已经嫌太厚，从衣橱里找出两件薄外套——一件米白，一件黑色。面料极其柔软、舒适。里面搭一件白T。

如今十分喜欢简单、清爽的穿衣。

从前却是喜欢繁复的——记得十年前，买过两套套装——一套浅粉，一套浅蓝，皆是短袖毛衣，下面配一条薄灯芯绒长裙，毛衣上绣了白色的玫瑰。

那时候，尚且有一颗少女心，喜欢人世的富丽、繁华。现在不了，懂得了平淡是真，布衣素食，清简、朴素的日子才最自在、舒适。

摘了一枝香樟花，让孩子们挨个闻，香不香。

香。孩子们异口同声地回答。

老师，这是什么花?

二年级的孩子，懵懂地问。世上的花草，他们大多并不识得。一双双漆黑明亮的小眼睛，闪烁着星河的光芒。

香樟花呀。因为特别香，所以树的名字叫香樟。

香樟是寻常的树，栽在马路、小区楼底下、校园里。从前并不太注目它，今年格外对它注目起来。也许是因了那蓊郁的树冠，盛大的香气。总之，这几天几乎整天都被它的香气缭绕，久久氤氲不去。

雨后，香樟树的香气似乎更浓烈了，潮湿、黏稠。雨打落花，地上积了薄薄一层——仿佛一个淡黄色，渺渺的梦境。人也恍如在梦境里，一时半会儿醒不过来。

老师，你看，有一条蚯蚓。

稚嫩的童声响起。果然，落花的地毯上，一条蚯蚓奋力爬着。它是被香气所吸引过来的吗。软软的身体黏在细碎的花里，再也寸步难行。

来，我们帮助它吧。几个男孩子，用树枝合力把蚯蚓挑起来，放到花坛里。

一支旖旎的队伍，缓缓地从香樟树底下走过去，穿过门厅，拐到教学楼里去了。只有香樟树仍静默地伫立在那里，香气绵绵不绝。

2

小区楼底下一户人家的院子，有一株香樟树，花开得极盛。枝叶伸出围墙，覆到人行道上。

落了一地焦黄色的花。

空气中弥漫着细碎、绵绵不绝的幽香。

五月是香樟树的季节。

太阳炽烈烈，空气热烘烘，已经是夏天的感觉了。节气是这样神奇，不早一点，不迟一点，埋伏在四季的途中。

春日的嘈杂热闹已歇，初夏的时光美好安宁。仿佛柔光过滤过似的，镜头底下，笼了一层淡金色的光芒。树木闪闪发光。这是初夏的光芒。

人走在光芒里，一颗心亦是愉悦而欢喜的了。

光阴马不停蹄地往前走去，人也亦步亦趋地向前去。

假日仍在忙新房子装修的事。成天泡在建材市场，看地砖、卫浴、门窗，又去嘉地广场对面的弗尼士家居超市。

那里的家具式样简洁明快，明码标价，就像逛超市。

看中一个白底红花纹的单人布艺沙发。人与物，实在有某种神奇的缘分，在看到的第一眼就暗生了欢喜。店里接待我的女孩子叫朝阳，问我装修进程，又问我家里有没有类似的沙发。

有呀，两个。不过颜色不一样。

于是她规劝我不要买。

可我很喜欢怎么办。

等下次装修好了再买。现在买了还要出搬运费，不划算。

我痴恋那一个沙发，久久不肯离去。最后，他说买单吧，送你的节日礼物。

可是，家里的沙发怎么办?

总有办法呀，先买回去再说。

朝阳说，姐姐，看起来一直很受宠耶。

好像是的哦。买了沙发欢天喜地回家。我喜欢沙发、台灯、瓶瓶罐罐，日常生活用品和器物。那些器物里的旧光阴。

犹记得当初买下禾平街的小房子，与他去荷花堤买了一个天蓝色席梦思，上面绘满了星星月亮，摆在水泥地上。那一间小屋，忽而熠熠生辉，犹如童话中的城堡。

那时的我，尚且二十二三岁，十五载光阴悄然而逝。光阴何其匆遽，再过十五年，恐怕是个白发苍苍的老太太了吧。

有时想想不免潸然泪下。

唯愿到了那一天，这个老太太呀，仍可以受到一个人的宠爱，仍有一颗欢喜的心。

3

立夏，弟媳打来电话，邀我们回乡下烧野米饭。特地嘱咐我们去早一点，去田埂上自己摘蚕豆。

田埂上紫花蔚然，蝶戏花间。小麦抽穗，豆荚饱满，亦是一生中最好的时光。

小院的空地上撑起一顶遮阳伞。一个铁皮灶，一口大铁锅；一把小竹椅，一捆柴火。爸坐在小竹椅上，把稻草塞到灶里，点火，把锅子烧热了，倒油，又把蚕豆、土豆、咸肉、竹笋放进锅里，用一柄大铲子翻炒，倒糯米，加水，盖上锅盖。整个过程一气呵成。

小时候我们做的事，现在由爸代劳了。并且做得兴致勃勃，当成头等大事。

只要儿女开心，爸心里就高兴。

爸，你辛苦了。我搬了一把小椅子，坐在爸旁边。

一点也不辛苦呀，烧一顿饭，那还不简单。爸笑嘻嘻地说。

爸穿了浅紫色汗衫，一双烟灰色球鞋，头发花白。爸五十岁当爷爷，今年六十六岁，我的小侄子十六岁了。

小侄子个子瘦且高，长得和弟弟小时候一样。沉默寡言，不爱说话。

爸说，涛涛，你嘴巴要甜一点。

小侄子不吭声。取了牛奶、饼干，塞满了爷爷的床头柜。

这孩子心地好，孝顺。爸喜滋滋地说。那天去街上超市买牛奶，非要他付账。掏出一百块钱给他，死活不肯要。说是爷爷的钱，留着自己花。

小侄子十来岁时，给爸签了一个保证书。说是长大以后接爷爷奶奶去城里住大房子，买好吃的。把爷爷给乐的。

爸倾尽全宇宙之力，抚养大两个孩子。如今任务完成，可以安享晚年。却不肯闲着，在城里找了保安的活。爸说，好歹有人唠唠嗑，一个人在家里怎么办，要得老年痴呆症的。

村子里的阿哥姆妈得了老年痴呆症。爸说，你阿哥姆妈，从前心气那么高的一个人，现在去别人家里拿东西吃，讨别人嫌弃。那天来家里，塞给她二百块钱。看着她真可怜。

妈偷偷告诉我，阿哥姆妈的病，是给气出来的。入赘到城里的小儿子，把她的十万块养老金拿走了。

现在大儿子也知道了，不给她好脸色。

怎么不去要回来?

听说小儿子在外面有了女人，要闹离婚。这十万块钱，大约是给那个女人的分手费，小媳妇不知道的。怕去要了小媳妇知道了，再生出事端来。

管他离不离婚呢，怎么都得要回来呀。我生气极了。

妈说，别人家的事，咱管不了。只是替你阿哥姆妈难过，受了一辈子苦，指望着老来可以享点福，偏还要遭罪呢。

乡下的老人，一辈子受苦受罪。到老了，未必能享到一点福。

就是爸和妈，也没享到我们什么福。替儿女忧心操劳，但凡有什么事，只是自己默默扛。逢年过节，给他们一点钱，他们也总是推拒，说你们花钱的地方多，留着自己花。

爸逢人就说，在女儿家吃住了一年，女婿和亲家一句闲话也没有。爸还活在古代，以为嫁出去的女儿泼出去的水。子女赡养父母，不是天经地义的事么。

爸当初嫁女儿，没收一分钱彩礼。婆婆一直记得，说是这么好的亲家天底下哪里找哦。别人家的亲家，都讨十万八万彩礼。

爸烧好野米饭，带我去小院转悠。樱桃红了，罩了一张绿色的网，防小鸟来啄。两株桃树也结了毛茸茸的果子。爸说，桃子结太多了，要摘掉一些才长得好，可是舍不得摘呢。

小院的铁栅栏外，有一片荷塘，新种了莲藕，浮起一片淡青色。几只白鹭，踮着脚悠然觅食，忽而振翅飞起，在瓦屋顶上盘旋。

故乡的天，还是那么蓝，犹如刚刚染过的布匹。白云缱绻，仍在亘古的光阴里飘啊飘。

4

青龙湾美如画卷。

我在这小院里出生、长大，如今，侄子在这儿出生、长大。故园的灯盏，是世上最温暖的灯盏。

这一盏灯，擎在祖母手中，传递到母亲手中，当年的母亲，现在成了祖母。我的祖母长眠在青龙湾的河滩上。爸去河滩上种地，会和祖母说说话。爸说，有草木、果蔬四季相伴，想必祖母不会寂寞。

五一，弟弟也从盐城回来了。老板的厂子搬到大丰镇金墩村。弟弟为了谋生，离家千里，一两个月回家一趟。吃过午饭即匆匆回去。爸也催他早点出发，要开四个多小时车呢，节假日路上堵车。爸拿了一袋咸鸭蛋，一大瓶冰红茶，让弟弟带着路上吃。爸从前待弟弟凶巴巴的，如今俨然已是慈父。爸说，你弟弟老实、心善，是个好孩子。

我坐在廊檐下读小说，弟弟端来一盘樱桃，姐，樱桃上个礼拜就熟了，爸舍不得摘，等着我们回来吃。

绿荫寂寂樱桃下。这一盘樱桃，有着草木的情意，世上的恩慈。

我拈了一颗轻轻放进嘴里，一股酸酸甜甜的滋味，霎时沁满了心扉。

/ 无尽夏

1

女友的花园新栽了许多花：玫瑰、月季、三角梅、无尽夏……女友指着一朵已经凋谢的黄玫瑰说：我错过了她的绽放。女友惋惜道，这几天实在太忙了，早上看着还是花骨朵呢，晚上回来太晚，花朵已经合拢了花瓣。

女友曾是风风火火的一个人，目光从不停留在花花草草身上，从不惆怅，从不忧伤。如今到了中年，忽然爱上莳花弄草，有了小女孩一样细腻敏感的心思。

一片荒草蔓生的花园，也打理得井然有序。前院种花，后院栽了枇杷、桂花。枇杷挂了累累黄果。有许多小鸟来啄，于是人和小鸟争抢着吃果子。

上个礼拜，请工人铺了防腐木，把南北花园贯通，绵延成一片，足足有四五十平方米，简直可以开派对。

女友说，我去送孩子上兴趣班，你自便。于是我就在院子里的一张藤沙发上，泡了一杯茶，一个人慢慢饮。初夏的时光，绿意葱茏，树木闪烁着翠绿的眼睛，满目是翠色，风也是翠绿的，柔柔地吹拂过耳畔。

似乎就这样可以安度人间好光阴。

日子愈来愈从容了，也越来越喜欢过得简单、清净，慢一点。

廊下有一只笼子，笼中一对鸟。烟灰色的身子，黑白的小脑袋，尾巴也是黑色的，红色的喙。女友说是文鸟。这文鸟，不似别的鸟吵闹，叽叽喳喳，没完没了，相对安静一些。大约如此，才得了这个名字吧。

我倒不觉这文鸟安静。它们一刻不停地啾啾叫着，在笼中跳过来跳过去，啄谷子吃，总之一刻不得闲。

鸟买回来以后，女友的儿子高兴极了。念初中的小伙子，把鸟笼拎到卧室里，非要晚上和小鸟一起睡。这不小伙子要去弹吉他，临走，还一个劲叮嘱我，阿姨，野猫要来吃鸟，你帮忙看着点，千万别被野猫吃掉了呀。说完，恋恋不舍地看了那对鸟一眼，跟着妈妈出去了。

哪儿来的野猫，我一边摇头，一边想着这孩子未免太过于紧张了。谁知，真的有野猫。我在廊下看书，忽听得“哐啷”一声，笼子打翻在地。一只野猫从我身旁蹿过去。

那一对文鸟，细细的爪子攀着笼子，尚且在惊惶中。我把笼子提起来摆好，把打翻的谷子放进笼子里。隔了好一会儿，那两只鸟才渐渐平复下来。继续吃谷子，啾啾地叫。

一只虫子爬进笼子。其中一只文鸟用尖尖的喙一啄，虫子掉到笼底，复又爬上来，尖尖的鸟喙又一啄。鸟吃虫，是一种天性，就像野猫要吃鸟。

我见那虫子可怜，却无计可施。它们各自有天敌，各安天命。

由此想到人类自身，也有徒劳、挣扎、黑暗的时刻。

如一粒浮尘，深陷于泥潭，然而总有云散风霁的一天。

那一只小虫子，几次三番跌落、挣扎以后，终于逃离了樊笼，爬到草丛里去了。真是为它感到庆幸。

人间四月天，光是暖的，风是柔的。一只木质花盆里栽着无尽夏，浅蓝色的花朵，摇曳着无限风情。无尽夏，这名字多好啊。令一颗心沉醉徜徉于初夏的柔情和旖旎中。

女友送孩子回来，等下回去剪几株无尽夏吧。

回去的时候，我把无尽夏忘记了。女友发短信说，哎呀，忘了剪花啦。

就是这样的一惊一乍，令人觉得情意的笃厚，人世的美好与暖意。

与女友结识二十余年，彼此见证了一生中最好的时光。两个人在一起时，总觉还是小女孩，有小女孩的天真和稚拙。

当你内心有足够多的温暖时，你才能温暖别人。

是的，在我们内心已有足够多的温暖，可以彼此温暖，彼此慰藉。

当内心彷徨犹豫之时，女友总能予我慰藉。一杯清茶，几句贴心话，有时什么话也不说，就那么两个人坐着，相对无言，亦一扫心中阴霾，重新获得了勇气和力量。

那一盆无尽夏，在我心中肆意绽放，绵延成一片动人的初夏时光……

2

一日入夏。气温蹿至三十度，简直一点过渡也无。仿佛春天的花事还没完全谢幕，夏之剧场马上拉开了帷幕。

鹅绒被、毛衣、厚外套，一律在太阳底下暴晒，再收到衣橱里。取出凉席，用开水烫过，晾干。

晚上铺了凉席，换了薄被子。只觉屋子里焕然一新，一派夏天的光景了。衣橱里的衣服，也重新整理过了，清一色白衬衣、麻布裙。

夏天的好辰光到了。

夏天的好辰光，第一件要数吃西瓜了。

小时候住在乡下，夏天在屋子里睡午觉，忽然听到“西瓜要伐，卖西瓜喽”。从屋子里跑出去，西瓜船泊在石拱桥底下。卖西瓜的苏北人，熟练地挑西瓜，过秤。爸爸一买就是一箩筐。买回来堆在床底下。

听奶奶说过一个故事，有个胖娃娃滚到床底下不见了，大人找来找去，结果只找到了一只包着花毯子的大西瓜。

我们听得一惊一乍。忍不住钻到床底下去看，究竟那一堆西瓜里面，哪一只会变成胖娃娃呢？长大了才晓得，原来啊，我就是那个胖娃娃。有张照片可以为证：抱着一只大西瓜，笑嘻嘻地坐在凉席上。

后来去平湖念书。平湖盛产西瓜，个儿浑圆，花纹清晰，且都是沙瓤的呢。夏天的黄昏，散步归来，在校门口的瓜贩那里抱一个大西瓜回来。剖开与丽夏两个人一人一半，拿一只勺子舀着吃。

那时候，我和丽夏是象牙塔中的小女孩，尚且不知人世忧愁。

平湖的西瓜灯节，亦是夏天的一桩盛事。节日前后，在当湖公园、商场门口，挂满了一盏盏西瓜灯。素来不喜欢热闹的我，那几天也总要挤到人群里去。有一次看见一个民间艺人现场雕西瓜灯，让我好不欢喜。

及至有一次，去郊外一个种瓜的女同学家。看到那一望无际的西瓜田，更是大大地欢喜了一番。我忽然想起了鲁迅笔下的故乡那片海边的沙地。我不晓得在碧绿的瓜地里，有没有一个项戴银圈，手捏一柄钢叉的少年。

瓜地里有小刺猬倒是真的。女同学的父亲跟我们说小刺猬偷瓜的趣事。那小刺猬极其聪明，趁着夜深人静，偷偷潜到瓜地里，在背上扎一只西瓜，再跑到有篱笆的地方，把瓜蹭下来一口一口啃掉。女同学的父亲还抓到过一只小刺猬。每天要喂它吃两只瓜呢。养了一段时间，小刺猬怏怏不乐，女同学的父亲把它放回了瓜地。

那个女同学的父亲，亦有着一副慈悲的心肠。

结婚以后，住到城里。知道我喜欢吃西瓜，每年夏天，爸爸仍会捎一袋西瓜过来。那是专门从老家的瓜地里采来的，没有膨大剂，吃起来特别鲜甜。

在吃着爸爸捎来的西瓜的时候，我仿佛看见了小时候的自己。那个西瓜一样的胖娃娃，一点一点地，在爸爸的掌心呵护下长大。

我知道，这世上有两个人，永远永远爱着我。即使在我最失意彷徨的时候，他们也会眼含泪水朝我微笑。

那天傍晚，和妈妈在小区里散步，说起这一段时间忙，回家的次数比之前少了，爸爸有没有埋怨我。妈妈说，傻丫头。你爸才没有那么矫情。跟他说了，咱端午节回家。

走到小区外那一条浓荫遮盖的小路旁，看到有人摆了一个西瓜摊。我和妈妈相视一笑。挑拣了两只西瓜。

不知为什么，在夏日黄昏的那一轮斜阳下，那拎着两只西瓜，散步回家的妈妈和女儿，顷刻间笑靥如花。

3

廊下，绽放着一丛无尽夏。

蓝色的花朵，似蓝色的火焰。

我和丽敏姐姐坐到花丛中，依偎着拍了一帧照。

时令已经是初夏了。或者说，这是夏天最好的时候。我们在最好的时光里，遇见和重逢。

这一次去垄上，与丽敏姐姐、华诚、伟宏大哥、周老师再一次重逢。很多年不见的朋友，再见时，毫无生疏和隔阂，亦如昨日才刚刚分别。

丽敏姐姐和华诚是第一次相见。可是姐姐与华诚一见如故。姐姐说老早就看《父亲的水稻田》了，并且也长久地凝视过一株水稻，还专门写了一篇水稻的文。

有趣的灵魂，终究会遇见。

很多年以前，我在博客上串门，经常会去丽敏姐姐的屋子。只要一见到姐姐的文字，一颗心就安静了下来。姐姐的文字，草木一样贞静，亦如姐姐的人。有一天，我们遇见了，遇见了也只是轻轻说一句：呵，原来你也在这里。

姐姐穿一袭红衣，巧笑倩兮，美目盼兮，如画上走下来的人。姐姐的刘海是自己剪的。弯弯的，似一弯新月。姐姐便是新月一样的人。

姐姐的文字，有一种静气。且看姐姐写《陌上》的诗：

初夏，微雨

陌上一片绿焰

像深渊里的寂静，着了火

我们不知此地就是陌上。当年钱镠和他的戴王妃，曾徜徉于这一片青山秀水。有一次，戴王妃回娘家碧郎山，钱王思念她，遂提笔给妻子写信：

陌上花开，可缓缓归矣。

这是一封极尽温柔优美的情书。它表达了天底下最动人的爱情，一个最痴心的丈夫对妻子的思念与渴慕。

他那么深爱着她，片刻不舍与她相离。

陌上花开，我们来了。我们来的时候，陌上一片初夏的青翠、蓊郁与葱茏。陌上的风，轻轻地吹着，吹拂亘古悠久的岁月，亦吹拂人世的温柔与绵长。

在垄上，吃到一道菜油蒸笋干。

制作方法极简单：笋干清水里浸泡二三十分钟，切碎，拍两瓣蒜头，放两勺菜油，放在蒸锅上蒸。

这蒸笋干之法是华诚在山路上载了两个拦车的妇人，那两个妇人教予华诚的。伟宏大哥特地嘱咐厨房按照此法蒸了这道笋干，众人齐刷刷抢着吃。一盆菜油蒸笋，亦吃出了旷世的好滋味。

伟宏大哥是召集人。他带领着一拨人，见山，看水，听风，赏竹，听住山的老人讲故事。老人家如数家珍地告诉我们笋干的种类，猫头鹰的七十二种叫声，山中的草木、鸟兽以及如何区分树莓、蛇莓和梦子。

我们听得入了迷，对于这一座山亦怀了深情和兴味。

山里人淳朴，到了一户山里人家，主人泡了野茶给我们喝，端出笋干给我们吃，犹如招待远道而来的亲戚。我们也不觉愧疚惶恐，一颗心只是安然妥帖。

陌上花开，蓝色火焰在风中摇摆。

我们相见又别离。

转瞬就是明日，明日又隔天涯。

在一滴露水的梦境里，在一个无尽夏绽放的清晨。我们说着再见，轻轻拥抱了彼此。我们挥一挥手，不带走一片云彩。

/ 岁月如深河

合　　欢

那家小店门口种了很多花，一人多高的栀子树种在一个旧轮胎里，绣球、玫瑰、月季、凤仙花种在灰褐色的陶瓷盆里，高高低低、错落有致。每次经过，总是忍不住停下脚步。

今天又经过，看见店老板在浇花。店老板是个帅哥，穿白T恤、牛仔裤，手里提一把铜质的洒水壶，悉心浇灌每一盆花。

这些花都是你种的呀。

是啊。

你家的店门口最好看。我由衷地夸赞。

店老板不好意思地笑了，瞎种哦。

尤其是那几盆绣球，淡紫色的花，好似深闺里的女子刚刚抛出来的。

那一条深巷，那一爿小店，因了这些绣球，忽而披上了华丽的衣裳。

五月，这一座小城，到处是鲜花。马路两旁到处都是夹竹桃，红花似火、白花似雪。

金丝桃、绣线菊，一丛丛，一簇簇，闹哄哄，喜滋滋，开了许久也不曾开败。一个礼拜，两个礼拜过去了，枝上仍燃烧着炽热的火焰。

合欢花也开了。起先并不知是合欢。在小区楼底下散步，忽然看见一户人家院子里有一株树，羽毛似的叶子间，绽开了粉红色丝状的花瓣，像一把小扇子，又像火烈鸟的尾巴。

打开手机扫了扫，跳出“合欢”两个字，并附有一首小诗：

东风香吐合欢花，落日乌啼相思树。

自从有了识花软件，天底下就没有我所不知道的花和草了。散步之时，一路走一路拍，不知不觉走到了草木幽深茂密处。

一株树，一朵花，皆有一首诗。古人托物言志，寄情草木山河。合欢合欢，合则欢喜，端的是个好名字。好比庭院里，种玉兰、桂花寓意金玉满堂，种石榴则寓意多子多福。

我喜欢花卉，甚于草木。因了花卉有情，有脾性。譬如合欢，仿佛那个伫立在窗台边的少女，嘟着粉红色的小嘴，满腹心事。

那个少女，看似柔弱，实则内心倔强又凛冽。

江南女子，大抵如此。

当我从那株合欢树底下走过去的时候，瞥见一个男子，坐在树底下，身影寂然。

不知怎么，我忽然想到前几天听人说起这一户人家，流年不利，先是做生意亏损了几百万破产了，再是家里忽然遭了火灾，他的妻子又生了重病。不得已，打算卖掉房子。

那一株合欢树，是刚住进来时，他和她亲自栽下的。陪伴着他们度过了许多花好月圆的日子。

只是后来的他，夜夜笙歌，彻夜不归。留下她一个人，独守空房，默默垂泪。也许，这就是报应。上天收回了他的好运，是为了警告他，惩戒他。

当我仔细一看，那一株合欢树下，空荡荡的，哪来什么人的踪影。

但愿这只是一个我虚构的故事。并没有负心的男人，也没有重病的妻子，没有火灾，没有破产。

一切厄运，不曾发生。

一切善念，即刻种下。

愿你被世界温柔以待，即使生命总以荒芜相欺。

日常，三餐与四季

厨房冰箱的冷冻格坏了，先生在捣鼓冰箱。像一只小花猫和毛线团较上劲，他和那只破冰箱较上劲了。

他拿把锤子，一下一下捶冰箱上的冰，像远古时代那个凿冰取水的人。

终于，他凿下了冰，把冷冻格抽了出来，放到水池里。水龙头快乐地唱着歌，他也快乐地唱着歌。

隔了一会儿，他走过来翻我的包。

私人物品，不得乱动。我刚想警告他。

他问我，指甲钳在哪？他永远找不到我包包里的东西。尽管，指甲钳好好地藏在我包里。

找出来扔给他，他跷个脚，剪脚指甲。

他的脚指甲很长，大拇指的指甲黑黑的，厚厚的，像假指甲。他说，上大学时，有一次踢足球，不小心踢掉了大拇脚指甲。

很疼吧。我凑过去看。

是啊，当时疼得晕了过去。

你是不是男人啊。我一脸鄙视。

哎，男人才怕疼。你们女人最勇敢了，所以嘛，上帝才让女人生孩子。他嘿嘿地笑。

哼，真恨不得把他的黑指甲再拔掉一次。

他收起指甲钳，翻起一本杂志。

隔了一会儿，他问，小龙虾要吃吗？

你想吃对不对？

没有啊，我只是问你要不要吃。

哦。既然你不想吃，那我也不想吃。我继续码字，心里却暗暗数数。还没数到十呢，果然，他憋不住了：有一家小龙虾店特别好吃，你要吃不？

唔，真的很好吃吗?

当然，你看美团评价。他扬了扬手机。

好吧。

晚上九点十分，某人一骨碌从沙发上跃起，出门买传说中的小龙虾去了。我继续码字。

码着码着，一个小时过去了，终于，听到钥匙开门的声音。

他拎着小龙虾回来了。额头上沁出汗珠，鼻子像小龙虾一样红。

他把茶几上的东西拿掉，腾出一块地方。放上小龙虾，开了两罐啤酒。他说，记得不，七年前，刚搬到这里，我们一边看世界杯，一边吃小龙虾。

不记得了。

瞧你什么记性。他敲了我一记脑袋。

当然没忘记。

昨日历历，一转眼，搬到这里，七年过去了。十七年，二十七年也很快过去。他不复当年那个二十啷当岁的小伙子，两鬓生了白发。我亦不复二八少女，眼角长出了鱼尾纹。

我们由两个陌生人，变成了血肉相连，再也分不开的亲人。

日子平淡无奇，仿佛一条深河，静水无波。然而这一条深河底下，亦有激流暗涌，流淌着绵绵不绝的情意。

在我眼中，他时常幼稚如一个孩子。在他眼中，我亦天真如一个少女。

然而，竟已一起奔赴至中年。

山河岁月，总有忘不掉的一幕一幕。那个捧着百合花，伫立在雪地里的清峻少年；那个变戏法似的从锦盒里变出一枚钻戒的年轻人；那个厨房里钻进钻出的快乐煮夫。

原来，竟都是他一个人。

他有无数的分身，就像多棱镜的一个个面，合起来，绽放出光芒。

这光芒，是一束束的日常，三餐与四季。

是夫妇和顺，琴瑟和谐。

亦是温柔天真的岁月。

为什么想念一个人，却仰望星辰

接女儿上兴趣班回来的途中，遇见一对老夫妻。

丈夫骑一辆电瓶车，妻子紧紧搂着丈夫的腰。两个人都穿着灰扑扑的衣服，脚上穿一双解放鞋。鞋子上沾着泥巴和草叶。大约是从附近工地上劳作回来。

附近有一片工地，遍布荒草与瓦砾。也许这一对老夫妻，在工地上拔了一天的草，捡了一天瓦片。淋了雨，晒了太阳。这不，下了班，他们来不及揩去鞋子上的泥巴、草叶，骑着电瓶车匆匆往家里赶。

也许，家不过只是十几平方米的一间出租屋。在城西一带有很多拆迁小区，隔成一间一间小房子出租。一家大小，吃喝拉撒，统统在一间屋子里。

下班时分，从屋子里传出炒菜的声音，红辣椒呛得走过的人忍不住打喷嚏。然而每一间屋子里，都笑语喧哗，这一对老夫妻也不例外。插上电饭煲，煮半锅米饭，炒两个菜，每个菜撒一把红辣椒，再切一盘猪头膏，温一壶老酒，两个人对酌。

这便是人世间的幸福。

幸福，与物质并无太大关系。如果有，也并不一定成正比。有钱人未必都幸福，穷人未必都不幸福。

百度上查幸福，是指一个人的需求得到满足而产生长久的喜悦，并希望一直保持现状的心理情绪。

每个人对幸福的理解，也是不一样的。

幸福在不同的年代，不同的时空里，是不一样的。

你的幸福，我未必可以感到。

我们今天感到的幸福，将来的人未必会感到。

不同职业、不同身份的人，幸福的感觉也不一样。

譬如那对老夫妻，辛苦劳作了一天，吃一顿热气腾腾的晚餐，就觉得很幸福。

沙漠里的人，洗上一个澡是幸福。

一个孤独寂寞的人，得到关怀与爱是幸福。

一个穷困潦倒的画家，得到赏识他的人是幸福。

一个乞丐的幸福，是可以乞讨到今天的三餐。

而一个国王的幸福，是可以放下浩瀚卷宗，一个人悠闲地躺在沙滩上晒太阳。

有一个心理测试：你深爱一个人，假如有两个选择。第一个选择，此生无缘遇见那个人，但是可以有百亿元的家产。第二个选择，此生遇见心爱的人，但是一辈子只能和那个人相守，过普通的生活。你会选哪一个？

如果是我，我会选第二个。因为可以和心爱的人在一起，过一生一世，即是最大的幸福。一个人纵使有几百亿，然而爱不得，求别离，甚至孤老终生，那么，这几百亿又有什么用处？

幸福是清风明月，花前月下。

幸福是荆钗布裙，采菊东篱。

幸福是一杯粗茶，一碗淡酒。

幸福是每天下了班，去菜场买菜，钻进厨房洗菜，炒菜，两个人一起吃一顿热气腾腾的晚餐。

幸福是有一个深情挚爱的人，陪着你一起吃饭、睡觉，慢慢变老。

人生又哪里有那么多华丽在等着，大抵只是平凡岁月罢了。

很多年以前，住在禾平街上一个小房子里。

黄昏时分，总是窥见对面一户人家。厨房里，一个男人赤着膊，挥动手里的铲子炒菜，一个女人穿了碎花长裙，坐在客厅的沙发上，不停地按遥控器。屏幕一闪一闪，滋啦滋啦的炒菜声，混合着电视剧里男女主角的对话声。

吃过晚饭，那个男人又回到厨房，拧开水龙头，洗一堆锅碗瓢盆。那个女人，仍旧坐在沙发上看电视。

那时，我对那个女人有些不以为然，总觉得那个男人的日子过得很凄惨。

及至有一天，我在超市门口的一家眼镜店遇见那个女人，正在向一个顾客推销眼镜。她笑容温婉，耐心地给顾客介绍眼镜，哪个好，为什么好。顾客不停点头，十分满意。

她看见我，拉着我去隔壁的奶茶店，买了一杯奶茶给我。

刹那间，我明白了，那个男人，为何深爱她，甚至愿意当她的奴仆。因为她就是他今生最大的幸福。

浩瀚红尘，她因机缘认识他。从此芳心暗许，托付终身。

婆娑世界，他因遇见她而悲欣交集。

她是天庭的七仙女，却甘愿为了他收起羽衣，做了一个凡间的女子。

而他，只是世上平凡的一个男子。没有权势，没有金钱，没有倾城色。

谁能说清楚，爱情、缘分与命运是什么关系。

他是她今生要渡的劫，她是他今生要还的债。

所以，这世上才有了这千千万万的爱情故事。

爱情，从来没有对和错，也没有为什么。

想起周公度写过一首诗，题目叫《今生所遇》。现在，我把它贴在这里，念给你听：

为什么我们想一个人

却仰望星辰

期待夜晚

又向往黎明

而不是乘车便去

我们明知时光迅疾

却犹豫寡断

穷思借口与退路

虚荣比心大

难道今生小过慌乱

也许最好的爱情，是在最好的时光里，遇见一个对的人。

世上最美的遇见，是花朵遇见蝴蝶，山川遇见河流。

是我，遇见了你。

愈来愈迷恋这样的日子，素心清淡，山长水远，人生并没有什么着急的事。

第四辑 — 人生有什么比自在和欢喜更要紧

/ 春天的花事

1

一个人囚禁在城市中，日子久了，心里难免就会生出斑斑锈迹。最好的法子，莫过于去野外或山上走走，看看天上的飞鸟，水里的游鱼，走到幽深的小径上，俯身亲近严寒和枯枝里，那悄然盛开的，一茬茬的花草。

春天的花事分外妖娆。

先是有小茶自远方来。三月微雨的黄昏，柳枝清新，桃花闪烁。在凌公塘的莲花石餐厅，小茶清唱了一曲《云水禅心》，歌声如梦似幻。令人不禁惊叹：世上竟有这样好听的嗓音啊。世上也竟有这样的奇女子。

小茶浅笑，轻颦。如一朵白莲花，盛开在江南的柔波上。

别小茶数日。灯灯约我和草白去赴春天的约会。我听见她跟草白说："但愿这次回来，简儿能重新变回那个在河滩边捡石子的小女孩。"可怜这一年我总是一副忧郁哀愁相。

这一回刘大哥当我们忠实的车夫。他一路不辞劳苦，带我们翻山越岭，来到诸暨山脚下。

那个浣纱的女子——西施的故里。

早春的料峭里，山崖上的迎春花闹哄哄地开了，像垂落下金黄色的瀑布。

山是这样苍翠。远看层层叠叠的绿，仿佛浓得化不开的笔墨。山上的树，有的是山民栽种的果树、竹子，有的是飞鸟衔来的种子，随意落下来，长成一株樱桃或灌木。

天长日久的，一座山就变得蓊郁葱茏起来。山间有飞瀑、奇石、人工凿出的台阶，沿着扶梯走上去，好似可以一直走到云端里。

登山的人走累了，倚在一株古树旁休息。那株古树从石壁上钻出来，不知费了多少年、多大的劲儿，扭曲着枝干，一半是树，一半是石头，阳光下摇曳着楚楚的绿叶，看得人啧啧称奇。

山上的飞瀑，一层叠着一层，次第相连，一共有五处，故名“五泄”。水花飞溅时，但见大珠小珠落下来。那山崖上的石壁早已磨得似一面镜子，映照着朗朗乾坤。

空地上的紫花开了，一簇簇的，如素颜的女子。那个蹲在花丛里的布衣女孩，从茫茫人海里抬起头来。她的名字叫草白。

草小姐愈来愈漂亮了，身上弥漫着一股植物的气息。

蝴蝶喜欢，蜻蜓也喜欢。

一条小溪横穿过野花丛。我们坐在小溪边，说了一下午的话。我们说，那个浣纱的女子，会不会从对岸的茅草屋里走出来？

2

“婆婆纳每一朵细花里都藏着一个纯蓝的宇宙。”

项丽敏这样写道。

那么，是否我可以这样写：“每一朵油菜花里都藏着一个鹅黄的宇宙。”

春之初，花仙子提着花篮撒花种。她撒得最多的大概就是油菜花籽了。乡下人眼里最不起眼的一种花，城里人倒是驱车大老远地赶去看。

惹得乡下人嘀咕起来，难道在城里人眼中，还会看出些什么不一样来吗？

每个人心中都藏着一个宇宙呀。

有一年我们去婺源。——也是这样的时节。江岭上的油菜花迟迟未开，村子里的油菜花却开了。一个痴心的爱花人，守在他家的油菜地里。看到游客钻进花丛里拍照，就挥舞着手臂驱赶他们，仿佛稻草人在驱赶麻雀。

我们起先嘲讽他，继而是欣赏和赞叹。

到底谁才是真正的爱花人呢？

显然，踩着油菜花，在花田里搔首弄姿的我们是不够资格的。

暮色里，途经一个古桥头，看见有个老花农佝偻着身子在花田里劳作。老花农的心中唯有耕稼之事，至于花开与花落，那都是附庸的风雅、纸上的闲情。

在义乌，油菜花开得比别处早，在新竣工的楼群旁，郊外的土坡上，黄得格外耀眼，好似舞台上的聚光灯照着，观众的眼睛只管朝她身上看过去了。

花无百日红。无论牡丹还是芍药，绚烂过后就是寂灭。油菜花却不尽然，她们一朵接一朵，花团锦簇，分不清哪一朵是昨日的，哪一朵是今日的。

于是每一朵都是新鲜。

这个春之舞台的主角，抖落着华丽丽的衣裳，站在春天的山岗上。

那铺陈的，极尽渲染的色彩，仿佛可以无穷无尽地延伸开去。直至把天地宇宙染成鹅黄绚丽的一片。

3

三月伊始，桃花也加入了春之舞台。

桃花是江南的红粉佳人。这位怀春的小女子，脸颊绯红，分外妖娆，引无数游客竞折腰。

在源东，苍翠的青山忽然换上了红妆，一片淡粉、紫红。远远望去，像铺着一层天边的云霞。

在那桃花盛开的地方，是音乐家施光南的故乡。

我们来到一个名叫“丁村”的小村子，村口蹲着几个老婆婆。一只阔口的大竹篮里，装着她们的山珍：蕨菜、笋干和蘑菇。

正是花开时节，赏花人三三两两，鱼贯而入。

一个穿牛仔衣、剪童花头的小女孩，在廊檐下跳皮筋。

来来往往的人停下来看她。

她五六岁，脸红扑扑、粉嘟嘟的，像一朵沾着露水的小桃花。不知是谁家的孩子。

漫山遍野都是桃花。一朵，有一朵的温柔；一枝，有一枝的娇羞。千朵与万朵，有多少柔情蜜意荡漾在春风中。

桃树下长着一丛枯草。暗结着蛛网。那枯草的根须，正在慢慢发芽，变绿。

当一个枯败的事物消逝之际，势必会有另一个蓬勃的生命冒出来。

野火烧不尽。

春天来了，风一吹，落英缤纷。油菜花，萝卜花，桃花，杏花，樱花，呼啦啦一下子全开了，粉的粉，白的白，晃人的眼。

那些结伴来看花的情侣，手牵着手，肩并着肩，也是晃人的眼。

半山腰有一丛灌木。光秃秃的枝干上，结着几枚红果。

然后此起彼伏又是桃花山，一座接着一座。到处是云蒸霞蔚的一片。

乱花渐欲迷人眼。可不是吗，春天的花事纷繁。在春之舞台上，谁才是真正的主角呢？

你看桃花灼灼，映照着一洗蓝天。

4

樱花是三月的花魁。

清晨和黄昏，去园子里散步，漫天漫地都是樱花。不禁令人疑心：春天是不是跟随着樱花的脚步到来的？

樱花不及桃花妖娆，颜色淡雅、素净。粉里透着一点白。那一点白，初看若有似无，仔细一看，却又分明白得寂静、耀眼。

一对散步的老夫妻走过，白发苍苍的妻子踮起脚尖，站在花树下赞叹："多美的花呀！"

她专注的神情看起来很像一个天真的小女孩。

这情景使我有点惘然。

那个白发苍苍的老太太，也是一个青葱的少女变的啊。

也许一个女人的一生，犹如一朵花的轮回。世人皆爱花开时的娇艳，嫌弃花谢时的衰败。

然而世上又有哪一朵花，可以开到永不衰败呢？

樱花的花期尤其短暂，没过几天，那株站在夕光里的花树，早已静悄悄地凋谢了。微微合拢的花瓣，有一种温柔的决绝。

短暂的绚烂过后，一切又归于沉寂。

梦里花落知多少。

有一年春天，夜宿北木山。山樱花开得沸沸扬扬，好似把一座山都给熏香了。

一轮黄月亮从茫茫人海里升起来。

月光下，那淡白色的花朵，愈发淡白了。仿佛谁轻轻一碰，寂静就会从枝头上落下来。

我们屏息走在花树下。

此去经年，多少良辰美景，皆付于流水般的时光中。一颗心渐渐变得素净、淡泊，好似樱花白。

白得格外触目惊心起来。

5

范蠡湖畔，西施的梳妆台边，有几株海棠树。花开时节，穿着白衬衫、格子裙的女学生，在花树下轻轻走过。

真是叫人欢喜的年纪啊。

海棠花一般的清新明丽。

说起海棠花，我就想起一只黄昏的戏台子。

那是在一座寺庙的后院里，看起来已经荒废了很多年，也很久没有人登台演出了，旧木板踩上去有点咯吱咯吱响。

我们是循着一株海棠花的香气找到它的。

那真是一株老海棠树，满树密密的枝丫，重重叠叠的花朵。

一根粗壮的枝干，有一截被虫子蛀空了，可是在枯枝上又爆出了绿叶和花朵。馥郁的花香，似在倾诉似水流年，沧桑往事。

站在黄昏的戏台上的我们，当时并不觉得。很多年以后，再想起那时的光景，竟是一段极为温馨烂漫的日子了。

是不是因为过去的一切再也不复回来？

而能够和你一起邂逅人生旅途葱茏蓊郁的景致，是一种奢侈呢。

只是那时的我，竟懵懂不知。

/ 白玉兰

1

小区楼底下、马路上的白玉兰哗啦啦开了，像一群扑扇着翅膀的白鸽子。

一座小城，有了祥和与静谧之气。

那天去一所学校做一个讲座。一个女孩子拿了一本手账，打开给我看，一页页摘抄了我的文字，还有点评……一颗心忽而暖融融的，似要化在这春天里……想对那女孩子说，不必这么辛苦抄下来，要花费很多时间呢，时间宝贵，要珍惜分秒……一转身，那女孩子不见了。

一群男孩女孩，井然有序排着队，拿了笔记本一一上台让我签名。我心里却忐忑不安，唯恐误人子弟。

那一张张纯白无瑕的纸上，播撒下一粒什么种子，就会开出什么花。

而我不愿他们似我这样胆怯、敏感、多愁、忧伤……我希望他们脸上有微笑，心底洒满阳光。

一个瘦弱的男孩子，鼓足勇气问我，姐姐，你以前写诗么？

是。

我也写，老师不让写。男孩子低垂着头，好似犯了什么错。

我想起当年写诗的情景。老师默默地给我批注。有一次，写了一首很伤感的诗。老师批了两句话：少年不识愁滋味，为赋新词强说愁。

我的恩师，此刻就在台下。坐在第一排的椅子上，微笑地注视着我。

我对他说，你不要来，来了我心慌。

他微微一笑，我一会儿就离开。

可是，隔了好久，我仍看见他坐在那里。我的心忽而莫名觉得妥帖而踏实。

犹如当年那个怯怯的小女生，受到老师的鼓励和教诲，一颗柔弱的心充满了勇气和力量。

虽已近不惑，可是在老师眼中，我永远是当年那个怯怯的小女生吧。而当年的小女生，以为老师永远不老。老师摘下鸭舌帽，笑着说，怎么不老，头发都白了。

讲座结束，从报告厅下来，去楼底下拍照。

楼底下有一株白玉兰，枯枝擎着花苞，犹如擎着一盏盏白色的灯盏。这白色的灯盏，照耀着莘莘学子，也照耀着我。

时间真快呀。怎么一转眼，花事荼蘼。再回首之时，只见白玉兰的花瓣纷纷凋谢，落了一地。

春天才刚刚到来，又着急着要离开。

不由得令人惘然惆怅。

这惆怅是轻的柔的，犹如春风一般，转瞬就消逝了踪影。

青天白日，乾坤朗朗。只因了春光明媚，于是便觉世上一切事物皆明晃晃、亮闪闪的。

2

小区楼底下园子里的蜡梅尚未谢尽，淡黄色的花朵透明如绡纱，只是这绡纱旧了，黯淡了，蜷缩起了花边。

一株茶花开得十分之热烈，花苞止不住地冒出来……一朵接着一朵，你方唱罢我登场，简直就像搭了一个戏台子。这戏台上的人儿，轻舞水袖，咿咿呀呀在唱："原来姹紫嫣红开遍，似这般都付与断井颓垣。良辰美景奈何天，赏心乐事谁家院？"

那一株花树，每日经过并不曾停驻下来一看，今日却起了观赏的兴致。俯身凑近一看，花瓣层层叠叠，说不出的锦绣富丽。

春光一寸寸地在绿叶红花间流淌，似水流年，如花美眷，说的便是这茶花吧。

与邻居在花树下闲聊。邻居赞叹，真美啊。每天从这里经过，竟一直对它熟视无睹，我们每天步履匆匆，目不斜视，真是辜负了春天，辜负了它。

我们的眼睛，忽略了多少美景。我们的心，错过了多少温柔与善意。

我有明珠一颗，

久被尘劳关锁。

今朝尘尽光生，

照破山河万朵。

这是柴陵郁禅师的一首诗，真是喜欢“山河万朵”四个字。

禅师告诉我们，要修得一颗清净心，才能看见眼前的美景。否则纵然山河如画，眼睛上也是遮蔽了一层阴翳，一片白茫茫，什么也看不清。

今日伫立在花树底下，只觉一颗心被柔光滤过了似的，说不出的温柔美好。人世也说不出的可爱。

“风和日丽，令人永远想要活下去。”去爱世上一切可爱的东西，可爱的人……

路上遇见一个邻居。邻居说，好久不见，以为你搬走啦。

其实虽住在同一个小区，也难得一见。我们凑近那一株花树，静静地观赏。隔了许久，邻居抬头说，时候不早啦，回去做饭啦。于是各自掉头，一个往东，一个往西去了。

一生中有多少人与你伫立在一株花树底下，静静地同赏一朵花？

我们遇见了又别离了。

花无百日红。因此那一树茶花，才会鼓着花苞拼命地开呀开。孤独而妖娆，美丽而决绝。

3

早上去凌公塘赴一个人的约，去得有些早了，便去公园里逛了逛。

春日的公园，暖阳底下，草木一派欣欣然。河堤上的柳树垂下绿帘，远看近看，皆是一团浓得化不开的春意了。

一个跑步的人，沿着河边来来回回跑了好几圈。我猜他身上装了一台计步器。

不由得想起钱红丽写过一篇文章——《春天的跑步机》。“一个人跑得勤快点，站得高点，心也会慢慢跟着宽一些。”

跑步、写字、画画或别的艺术，从某种程度上说，都是一样的。

为什么痴迷，因为它可以带着你抵达一处高地，让你看见远处的风景。

大抵就是这个样子吧。

逛了一圈，见到一个瑜伽馆，遂走了进去，问里面的女孩子，可以在这里坐一会儿吗?

女孩子笑嘻嘻地答，好呀。说罢带我进了靠窗的会客室，里面摆了一张木桌子。桌上一只玻璃瓶，瓶中插了鲜花。一只竹篮筐，码着白瓷杯。女孩子倒了一杯红枣水给我，姐姐，喝点水，美容养颜的。

这红枣水，加了蜂蜜，喝起来有一股青草气，这是春天的味道。

我想起小时候的春天，那些来过村子里的人，他们是赶鸭子的，放蜜蜂的，剪兔毛的，摇拨浪鼓的，讨饭的……那个放蜜蜂的人，我给他取了个名字，叫“周云篷”。周瑜的周，云朵的云，大篷车的篷。我很喜欢那个名字。他是一个放牧春天的人，手里擎着一根鞭子，他的鞭子挥到哪里，春天就到了哪里。

我一生中再也没有见过那个养蜂人。

但我从来没有忘记过他。

4

白玉兰一年年地开，旧枝上绽开的这朵花，已经不是去年的那一朵。

而旧光阴里的人，也早已离散在茫茫人海。

草木比人更长久。既不能与人长相厮守，只好寄情于草木。过年去友人家，友人独居，有一个院子，草木森森，蔚然成林。蔷薇、蜡梅、山茶、栀子……还有竹子和荷花。

友人说种花的诀窍，是舍得砍掉枯枝。譬如那一株蜡梅，之前开了满树的花，花谢了以后，就把花枝砍去，只留下几根枝干。明年就会长出新枝来，花开得比今年的更旺。

友人又说，栀子是极好种的。剪一枝插到土里就能成活。初夏时节，花开得密密匝匝，满院子皆是香气。我向他讨几枝回去栽，友人说这几天还太冷，须到三月中旬左右，你来剪几枝。

友人把蜡梅的花摘下来，包在一个纸包里，取出来给我们泡茶。蜡梅花已经枯萎了，失去了幽香，然而那幽香却长久地萦绕在他心中。

比蜡梅花的香气更幽远持久的，是时光的香气。那些度过的岁月，经历过的人与事，以为早已经忘记了，却从未曾忘记。

有一年春天，一拨人去马家浜。人家的院子里，栽了一株白玉兰。白得耀眼，皎洁如月光。那一次我初见白玉兰，只觉这是一种奇异的花，先开花，再长叶子。譬如彼岸花，叶与花永不相见。

瓦蓝的天空下，白墙黑瓦的旧宅子前，斜斜横亘着一株朴树。亦是优美俊逸的树，恰如那日同去的人。记得他穿了烟灰色风衣，围一条米白色围巾，说不出的风姿飒然。

只是静静地伫立在白玉兰树底下，什么话也不说，一颗心自是安然喜悦。

人生到后来，再不复那时的喜悦。

春去春又来，花谢花又开。在春天，总会怀想一些人，一些事，心底泛起涟漪。在春天，只是一个人，静静地在白玉兰树底下伫立一会儿，亦觉岁月亘古悠久，人世温柔绵长。

/ 灵隐寺的桂花

去灵隐寺看桂花。

司机师傅说：桂花满大街都是呀，为什么要跑去灵隐寺看？

灵隐寺的桂花，与别处的不一样呢。寺里有一幢小屋，当年弘一法师住在那里。小屋前，栽了一株桂花树。这一株桂花树，花开似雪，香气盛大，是一株有佛性和禅意的桂花树。

师傅听了，笑着说，这个你也晓得。

是啊，我晓得。

桂花开了，想着这个秋天去一趟灵隐寺。若是没有邀约的人，一个人去也无妨。并没有人邀约我，我邀约的人呢，由于耽误了一班动车，迟迟未到。于是只好一个人打了车去灵隐寺。

灵隐寺，在我心中是很亲切的。小时候每年春天，奶奶和村子里的老太太都要坐水荣叔的挂机船去灵隐寺。一群穿蓝布衫、裹花头巾，背着土黄色烧香袋的老太太，走在油菜花起伏的田埂上，那个画面是很旖旎的。这么多年过去了，那画面犹闪现在眼前。

奶奶从灵隐寺回来，带回来一串珍珠项链。雪白的珠子串成一串，底下由五颜六色的珠子编成一个吊坠。那个吊坠，有点像女王头上的皇冠，十分之绚烂璀璨。我把珍珠项链戴在脖子上，遂觉得自己是个女王了。

奶奶还带回来两把军绿色的塑料水壶，灌了山上的泉水，据说喝了可以包治百病。一家人轮着喝，每人喝几口。喝完了，我和弟弟把水壶斜挎在肩上，雄赳赳、气昂昂上学去了。

还有牛轧花生糖，蓝白相间的纸包裹着，剥开来，牛轧上撒了花生，真香啊。牛轧花生糖是世界上最好吃的糖。很多年以后，我在南山路上一家小店买了一包手工牛轧花生糖，剥一颗塞进嘴里，仍有小时候的味道。

奶奶说，灵隐寺和栖真寺是姊妹寺。栖真寺的观音菩萨，就是从灵隐寺里请过来的。

我们住的村子名字叫青龙港，说起来和杭州颇有些渊源。据说当年白蛇娘娘的妹妹小青勇斗法海，不小心掉落在我们村子里，遂蜿蜒成了一条小河。这便是青龙港的由来。

因此，奶奶和村子里的老太太拜了栖真寺，还要再去拜一拜灵隐寺。这样心里才觉得妥帖。于是，灵隐寺成为一座与我亲切熟悉的寺，虽然我一次也没去过。

好几回从寺门口路过，只是匆匆一瞥，一拨人走马观花往别处去了。

这一回，去省委党校开会，放下行李，我便打车直奔灵隐寺。然而去得还是晚了，一下出租车，就有一个大姐冲我说，小姑娘，寺庙马上要关门了哦。

我嘟囔道，才五点钟嘛，怎么关得这么早。一边嘟囔一边仍固执地往里走。

拐了个弯，看见一堵土黄色的墙，墙上写了几个大字：咫尺西天。往左拐，看到了寺的山门。山门上挂了一块烫金牌匾，上面写了“灵隐寺”三个大字。山门上几株古树，甚是蓊郁葱茏，苍虬的枝干斜斜地弯过来，如老翁卧在山门上。

门口一个工作人员说，还有十五分钟寺庙就关门了。

十五分钟就十五分钟吧。

要买票哦。

哪里去买？

对面，穿过那堵黄色的墙。

我跑到售票处，窗口却关掉了，只留下一个现金窗口。

多少钱一张票？

四十五块。

可是我掏空了钱包，也没找到四十五块钱。

我对售票的小伙子说，可不可以微信转你，你给我现金。

小伙子摇摇头，不可以，我们上班不能玩手机。

呃，这一番交涉下来，不知不觉五六分钟过去了。等我走回去时，寺门已经关闭了。

看来，那一幢弘一法师的小屋，那一株桂花树，那素淡飘逸的香气，我是看不见也闻不着了。

我从售票处折回来，只见一拨人浩浩荡荡地走过来，去看飞来峰。寺庙关了，买票进入景区，飞来峰仍旧可以一看。那一拨人皆是老年游客，导游挥舞着手里的红旗大声喊道，七十岁以上的凭身份证免门票。

我身无分文（现金），飞来峰也看不成呢。心里未免有些怏怏的，忽然闻到一阵桂花的香气。我想起来，这一次，我来灵隐寺是为了看桂花。至于飞来峰，不看也罢。既然弘一法师小屋前的那一株桂花看不成了，那么看别的桂花也行，反正只要是灵隐寺的桂花就好啦。

我循着香气，去觅那一株桂花树。可是走岔了路，走到寺后的出口去了。一拨人，踏着晚霞从飞来峰归来，颇有仙人之姿。唉，只有我这凡人，一人兜兜转转，一不小心还迷了路。

天色渐渐暗下来，但见一幢小木屋，一盏柚子似的灯，罩了白色的玻璃罩子，燃起橘色的灯火。售卖龙井茶，一百块四罐。济公鞋底饼，竖了块木板，写着广告词：舌尖上的杭州鞋底饼。还有西湖藕粉，铜壶现冲，十块一杯。大约藕粉容易冲坏，所以须用铜壶。一只大铜壶，摆在柜台上。

那株桂花树在哪里呢。我从小木屋旁走过去，迎面走来几个僧人，遂问其中一个：你知不知道寺中有一株桂花树，在弘一法师修炼过的小屋前？

那个僧人诧异地看了我一眼说，是啊，可是这会儿寺门已关了，施主明日再来吧。

僧人说完，飘飘然下山去了。瞬间杳然无踪。虽然看不到那一株桂花树，心里还是十分快乐。因为，真的有一株桂花树耶。那个僧人，想必经常从那一株桂花树底下走过，说不定还用一柄扫帚，把落下来的桂花扫拢进一只竹簸箕，再去泉水里洗净了，晒在竹匾里，做桂花酱、桂花糕、桂花茶或别的什么吃食。

这是灵隐寺的桂花呀，和别处的桂花是不一样的。吃了这桂花做的吃食，想必一颗心会变得素净、淡然、从容呢。

那一缕桂花的香气，似乎又浓烈了起来，我使劲嗅了嗅鼻子，跟着那一缕香气，走到寺门不远处的一条幽静的小路上。暮光中，一株桂花树伫立在小路旁。金灿灿的花，开得热烈而贞静。满树的花朵，似金色的雪。仿佛摇一摇就会簌簌掉下来。

我独自伫立在那里，静默着，喜悦着。很多下山的游客从我身边经过，我亦惘然不知呢。

就这样一个人静静地伫立在桂花树下，发一会儿呆，也是好的呀。

何况，这是灵隐寺的桂花树呢。

我伸出手，轻轻去碰一朵桂花，那桂花仿佛有感应似的，落在了我的掌心里。她是这样顺从、欢喜，不早不晚，不偏不倚，就在这一刻。想来这一朵桂花，与我有缘呢。

我把那一朵桂花，轻轻拢在衣袖里。那素淡、飘逸的香气，绵绵不绝地从衣袖里传出来。于是走到哪儿，香到哪儿了。

走到一座拱门前，只见门上挂了一块烟灰色的匾，上面写了四个字：三竺空濛。也不知这是什么地方。

很多人从拱门走进去，我也跟着他们走了进去。原来是一条步行街，两边是林立的店铺、茶馆。有一家茶馆，名字取得很特别：一时。此一时，彼一时。一时之快。一时之乐。一时，又是佛教用语，有一念时，有日夜时，有百年时，有一劫时。一时，或一刹那，或复相续，不可定说，蕴意无穷。

进门有个院子，栽了几株瘦竹，廊下一只水缸，水缸旁搁了一块黑板，用白粉笔写了八个大字：清风明月，山静松远。呵，走进这院子里，人亦静了起来。

再往里走，有一个轩敞的厅，厅里摆了一条长木桌，桌上摆着茶具和茶叶，两边隔出几间茶室。摆了木桌木椅，墙上挂了水墨画，皆是梅兰竹菊。有一间榻榻米，墙上悬了一把古琴。

店里的女孩子，穿藕荷色的衣裳、黑布裙。有的在沏茶，有的垂手伫立着，姿态美好，气息安静。

一旁的木搁架上摆了香袋：月白、淡绿、土黄、秋香绿……香袋上，绣了一朵祥云，一枝荷，一径竹，一朵梅。也绣了字：静思、淡定、观照、至善、随缘、和敬。挑了一个月白色的，用蓝色丝线编了一个扣子，下面坠了翡翠绿的珠子，绘了一朵淡蓝色的祥云。另绣了“观照”两字。

浩瀚红尘，婆娑世界，不过是明镜里的光与影。须时刻关照与自省，善用其心，自静其意。才能让内心更豁达，得到自在与从容，拥有大情怀与大境界。

我把拢在袖子里的那一朵桂花，放进了月白色的香袋里。现在，这一朵灵隐寺的桂花，跟着我，走进茫茫人海，须臾不离开了。

灵隐寺是很偏僻的地方了，从拱门出来，沿着山坡往下走，拦了好几辆出租车，师傅皆绝尘而去。有个师傅探出头来说，这里不准停车的，你可以去坐七路车。

终于走到山坡下七路公交站台，见一个大姐，蹲在地上。问大姐怎么了。大姐说爸爸找不到了。问大姐爸爸多大了。大姐又说，八十岁。大姐说自己是广东人，带爸爸来灵隐寺烧香，不知怎么一转身爸爸就不见了。打电话手机关机了，拨电话回酒店，酒店说并没有回去。已经找了两三个小时了。

还是报警吧，让警察帮忙找一找。一旁一个男孩子，掏出手机拨打110。男孩子一直陪着大姐找爸爸，看得出是一个心地善良，又十分热情的人。问他是哪个学校的，他不肯说。

男孩子打完电话，劝慰大姐，一定会找到的，你别着急啊。

警察很快来了。问了大姐的姓名，身份证号。又问大姐爸爸的姓名、身份证号。大姐说，爸爸叫梁山，梁山好汉的梁山，身份证号不记得了。

警察又问，酒店留了谁的电话？

男孩子说，我的。

警察对大姐说，还是留你的吧。一般走失了都会先自救。老人也许会自己回酒店，你把你的电话诉知酒店前台。

当我坐上出租车时，那个男孩子，仍旧守在大姐身边，没有离开。

夜已经很深了。我坐在出租车上，闻到了一阵桂花香。

满城尽是桂花香。

那是灵隐寺的桂花，满觉陇的桂花。有佛性和禅意的桂花。

我从灵隐寺回来，邀约的那个人终于到了。去了一个名字叫“小厨”的餐厅，点了几道菜，其中一道就是满陇熏鱼。

一只白瓷盘，摆了四五块熏鱼，撒了细碎的桂花，真是美矣。

和那个邀约的人说，满陇桂雨，一定很美，什么时候，我们去看满觉陇的桂花吧。

/ 味无相忘

拖着我爸去小区楼底下的园子里散步。

我爸患有腰腿疾，平日里不肯走路，依靠一辆电瓶车。好似车子是他的腿，无论去哪儿，都要开电瓶车。

于是腿愈发就走不动路了。

我爸走了几百米就嚷嚷腰酸，像个小孩子一样，吵着要回家。我说，爸，再坚持一会儿。

我爸又走了两三步，佝着背，捶着腰说，闺女，饶了我吧，真的走不动了。

我说，爸，现在你不肯走，年纪再大一点，就更走不动路了，人的精气神一点一点消解，渐渐就真的老了。

我爸咬咬牙说，好吧，那我就再走一段。

我放慢步子，等我爸走上来。一边走，一边向他描绘路旁的景致，什么花，什么草，什么树，什么果。

我爸说，闺女，你几时识得这么多花花草草了。

散步久了嘛，一天认识一种植物，一年下来认识的数量可观，何况十年，这园子里的植物，早已烂熟于心，犹如一个个老朋友了。

我爸大大地惊讶，继而对我刮目相看，两耳不闻窗外事，一心只读圣贤书的闺女，认识的草木，现在比他这个乡下老农夫还多。

走了一段，我爸不嚷嚷了，也许是被草木吸引住了。也许是醉心于欣赏路旁的风景。也许是迎着夕阳，走到了河滩上。

总之，他的神情恬静下来，脸上的皱纹仿佛也舒展开来了。我爸是一个有些忧郁气质的人，这个气质遗传给了我。幸而，我读了书，又与草木、自然待久了，一颗心渐渐豁达，不那么纠结了。

我爸真应该每天都下楼到公园里走一走。

我爸住到我家后，还是第一次跟着我散步。

我妈说，老头子，亏你在城里住了这么久。

我爸说，乡下人谁没事瞎逛，城里人的做派嘛。

我妈说，乡下人怎么了，就低人一等？

我爸知道说不过我妈，就不吭声了。

走了一会儿，我爸看见一对老夫妻，手牵着手走路，惊讶得不得了。

我爸说，啧啧，那个老头子，真不害臊。

我妈扑哧一声笑了，这有啥。年轻人还搂搂抱抱哪。

我爸这乡下老头，一生从未在人前牵过我妈的手。

我爸的感情是朴实的、内敛的、含蓄的、低调的，绝不显山露水。

我爸从不表达对我们的爱。说的多是一些叮嘱，譬如好好学习，好好工作，好好吃饭，孝敬老人，诸如此类的话。

但我晓得我爸爱我。我爸总是说，我闺女是女先生呢，我闺女写了一本书呢。

我爸以为，一本书，白纸黑字，那是多么了不起的一件事。

有时候，我让我爸讲讲乡下的一些事，说是可以写下来。我爸正襟危坐地讲起来。讲完了摆摆手说，我不会讲，讲不好。但他有点窃喜，又有点害羞，又隐约有些期待。

我爸大字不识一个，我写的书，他只是摸摸封面。封面用塑料纸封着，我爸觉得这是一本高级的书。我爸不知，现在书店里的每一本书，都用塑料纸封起来。

我在写字时，我爸蹑手蹑脚走路，唯恐打扰到我。有时吃过饭，陪我爸说一会儿话。我爸催我，去忙你自己的事吧，说完自己走进房间，关上门睡大觉。

我爸唯一的爱好是睡大觉。一天可以睡十五六个小时。我爸说，怎么这么困呢。一个人睡太久了，会犯困，越睡越想睡。我让我爸下楼走走，他总是抗拒。

没办法，只好硬拖着他下楼。

去逛公园，逛超市，逛商场。城市里可去的地方太多了，霓虹闪烁，花花绿绿，我爸对一切都感到好奇。去饭店吃饭，被金碧辉煌的装饰吓了一跳，说敢情是皇宫哪。

我爸紧紧跟着我，穿梭在“皇宫”里，等到服务员拿过来菜单点菜时，抢着点最便宜的菜。

我爸吃了饭店心疼好久，念叨着，还是在家里吃好，家里的菜干净、实惠。饭店的菜贵得离谱，一个炒青菜，38块，抢钱哪!

我说，爸，那是绿色无公害青菜。我爸白了我一眼，我乡下种的菜，哪一样不是绿色无公害的。下次再也不去饭店吃饭了，不浪费这个冤枉钱了。

我爸不舍得吃，不舍得穿，也不舍得玩。

逛公园时，我爸念叨，去哪儿旅游，不如就在这里旅游嘛，这里多漂亮，有花有草，还有小鸟叫。

要不就去我们千亩荡耍耍。

故乡的千亩荡，听说有个印尼老板投资了五亿美元，要建成嘉兴最大的一片湿地。

欢乐世界游乐场已经建起来了，不过门票一百块，我爸咂舌，真是抢钱哪。不过又怀着兴味，那个摩天轮，比几十层高楼还高，坐上去可以看到整个村子。

有一次带女儿、侄子和我爸去，我爸死活不肯坐摩天轮，说是恐高，坐上去会头晕，就在下面看看好啦。

我爸抬着头，眼巴巴地望着旋转的摩天轮，仿佛望着另一个世界。

那是一个魔幻的世界，超出了我爸几十年的经验和认知。

女儿和侄子从摩天轮上下来说，真没劲，转这么慢。于他们而言，摩天轮已是司空见惯之物，他们更喜欢坐过山车，像风一样呼啸、奔跑。

我爸的病腿，把他留在了原地，哪儿也去不了。像一株树，深深地扎根在泥土里。

唯一的运动是穿梭在城市和村庄二十公里的路上。我爸骑半个小时电瓶车，从城市到村庄，从村庄到城市，一周几个往返。

在城市住久了，渐渐也习惯了。我爸一个人住在乡下，会觉得寂寞，有时晚上骑着电瓶车过来了，说是人多热闹。

我爸背了一麻袋生菜、黄瓜、青椒、茄子，都是乡下菜园子自己种的。我爸回去，就是打理他的菜园子。

一麻袋的蔬菜，整整齐齐摆在厨房地上。我爸说，地上凉快些，不然马上会蔫掉。我爸不喜欢用冰箱，说是冰箱里放过的菜，失去了本味。

什么是本味？本味，就是故乡的味道。虽居于城市，对于故乡，我和我爸，未曾有一日相忘。

/ 茶亦有寂寞的滋味

人有淡妆，花草亦不免有素颜者。吊兰、绿萝、六月雪之类的，算不上名贵之花，但花色洁白、淡雅，自有一种清丽的味道。穿着一袭紫衣的薰衣草也十分讨人欢喜。

栀子花、白玉兰，在春风里浩荡的花，白得格外耀眼、触目。不过栀子的香味太浓，闻久了会使人晕眩。紫藤花，一串串风铃似的在风中摇晃，发出清脆悦耳之声。

秋葵，因其叶子似鸡脚，又名鸡脚葵。汪曾祺说秋葵不是名花，然而风致楚楚。“风致楚楚”，这四个字我觉得特别好。用形容女子的词来形容一种花，可见那花的好看，以及那个看花人对花的喜爱。

汪写秋葵，亦是含了无限的情意：花淡黄色，淡若无质，花瓣内侧近蒂处有檀色晕斑，花心浅白，柱头深紫。那也是素颜的花。

素颜花配素心人。古人诗说秋葵似女道士，倒是也十分贴切。还有绣球花、琼花，在鹰窠顶的寺庙里看到过一回。

星云大师说，禅是一枝花。什么花，想必是荷花。张岱在《西湖七月半》写到的十里荷花，我就是在梦境中也能闻到那香气的。可是每次去西湖，多半是寻荷花不遇。

有一次大年初五游西湖，满池皆是萧肃之色。那旁斜横逸在湖上的几枝枯荷，映衬着远处的瘦山水，真是很有禅意呢。

至于梅、兰、竹、菊也不错。古人笔墨下的风雅之花。还有竹梅之类的花草，虽然寻常得很，不过霜后众花枯萎，唯有此花依然如故，尤为引人注目。

随意掐下一段插到泥土里就可生发出来，欣欣然呈蔓延之势。

芦荻的花，其实是十分可赏的。长在秋水边，萧瑟中自有一种孤寂之美。清少纳言在《枕草子》中写到的芒草，我以为指的就是荻花。

且看清少纳言如何写她们：

使得秋野遍饶情味者，莫非就是这些芒草吗？其穗端泛红，色甚浓郁，当朝露濡湿之际，试问还有比这更可赏的吗？

然而，秋末时节，真是全然无甚可观。

缤纷的秋花已凋尽，直到冬季终了，好似满头白发，呆呆地一个劲在风中摇曳，只沉湎在往事的样子，像极了人的一生。

那好似白头宫女的荻花，昨日还是眼波流转的少女，怎不叫人感慨万千啊？

丹桂的花，色泽明亮，香气也十分浓郁，可是并不叫人讨厌。是秋日，太阳一晒，那干燥的香味全出来了，满城尽是桂花香。桂花晒干以后制成香包，携带在身上，会散发阵阵暗香。

一城风絮，满腹相思都寂寞。若是拿来泡茶，那茶亦有寂寞的滋味。

木槿，墓地上的花。小时候经常采下她的叶子搓成浓绿的汁水洗头。那硕大的花呢，也采下来别在黑发间。真是饶有趣味。

/ 幸福就是抱一只糖罐

1

茶几上有一包葡萄干，放在那里已经很久了，今天拆了当茶食。

喝茶，我喜欢配一点茶食，不然喝得饥肠辘辘。茶食呢，不外乎几块饼干、几颗蜜饯、一把坚果。

这一包葡萄干，取名五色葡萄干。哪五色呢？黑加仑、红玫瑰、绿玛瑙、树上黄、紫香妃。倒在盘子里：红的红，黄的黄，蓝的蓝，绿的绿，紫的紫，当然并不是调色板上的五色。只是略微晕染了那么一点红、黄、蓝、绿、紫，可是看起来也是色彩纷呈了。

红玫瑰，吃起来果真有一股玫瑰味。一种水果的香气，混合了花香，吃起来有了一丝缠绵。玫瑰的香，说不上清幽，倒是有一股缠绵之气。手持玫瑰，心有余香。玫瑰的香，令人觉得人世的好。吃一块玫瑰花糕，再喝一盏玫瑰花茶，便觉得下午的时光也沾了香气。

这一碟五色葡萄干，口感酸甜合宜，令人体验从味蕾渗透到心灵的愉悦。

一个人的味蕾，有着固执的偏爱。譬如我从小偏爱吃甜食，甜是幸福的滋味。

我略微有一点低血糖，包包里经常会放一些零食，巧克力，糖果，饼干。起先并不知道有低血糖，只是忽然会头晕目眩，四肢无力，查不出是什么病。

有一次过马路，站在斑马线中间，忽然无论如何走不动了，急得冷汗直冒。后来好歹过了马路，走到肯德基，点了一杯橙汁，喝下去之后，奇迹发生了。我的身体重新长满了力气，好比汽车加了油，又可以往前一路疾驰了。

我贪恋甜滋味呢。

如果你问我什么是幸福，我会告诉你，幸福就是抱一只糖罐子。

有一年，文君姐姐送了我一只糖罐子，一只玻璃瓶，里面塞满了红红绿绿的水果糖，犹如满天星。我把那只糖罐子放在书桌上，写字的时候，摸一颗吃。那写下的字也有一种幸福的味道。

有一次看电影，看到一个狙击手，打枪的时候剥一颗糖，只要有糖吃，枪林弹雨他都不再害怕，受了伤也不疼了。因为在小时候，摔了一跤，妈妈给他一颗糖吃。小时候打针，打完了那个卫生院的医生也给我们吃糖。吃了糖，针扎到屁股里一点也不疼了。这真是糖的魔力。

乡下结婚，有一只糖盒，木头做的，漆成大红色，上面画了龙凤呈祥。五个格子，像五个花瓣，装五色糖果。我记得有蜜枣、冬瓜糖、水果糖、大白兔奶糖、芝麻糖。那个糖盒，摆在大红色八仙桌中央。还有一碗待客的甜茶，甜到心坎上。

那时候挨家挨户去讨喜糖。一包喜糖，装在大红色塑料袋里，一共八颗。大红色垂幔、被面、洋娃娃。穿大红色衣裳的新娘，端坐在床上，一张脸涂上了胭脂，俏生生、喜滋滋的。

现在乡下结婚，没有人讨喜糖了。

那天下班回家，发现鞋柜上放了一盒喜糖大礼包，不知是哪一个邻居送的。

自从住进这幢楼，经常会收到一些芳邻们的礼物。有时是水果，有时是糕点，还有一次，竟然是一袋刚刚烤好的琵琶虾。这些芳邻委实太可爱了，做好事不留名。

就像这个喜糖大礼包，我也不知是哪一家送的。

今天早上出门，看到楼下一支迎亲的队伍，众人扛着大红色铺盖，捧着鲜花、洋娃娃，簇拥着新郎新娘，往电梯间走来。

几楼的呀。

十三楼。

哦，喜糖你们送的吧。

是呀。

那个新郎的妈，笑嘻嘻地说，敲门你们不在家，所以就放在门口了。

谢谢谢谢，恭喜恭喜。

那盒喜糖大礼包，里面有红枣、巧克力、饼干、一包红双喜香烟，还有一条Hello Kitty的毛巾。

唯独没有喜糖。

2

我办公室桌上有一只糖罐子，里面塞满了花花绿绿的糖果：大白兔奶糖、咖啡糖、花生糖、薄荷糖、UHA，巧克力，还有同事结婚发的喜糖拆下来的各色糖果。学校年轻人多，过一阵，总有人抱了纸板箱发喜糖。

现在的年轻人，喜糖越发越高级，费列罗，明治雪吻巧克力，还有嘉善巧克力工厂歌斐颂巧克力。德芙，倒不太有人发了。德芙实在太甜了，不晓得从前怎么那么爱吃德芙。一个人的喜好，原来会改变，现在偏爱黑巧克力，苦中带甜，是至高境界。那种太甜腻的东西，吃一颗就令人望而却步。

那个糖罐子，放在桌角。并不拿来吃，可是心里有一种甜滋滋的感觉，好像每天都在做客。小时候，只有做客才有糖吃。我有个姨婆，顶喜欢孩子，小时候去她家里，总是抓一把糖递给我们。特别爱去姨婆家，实在是为了那些糖去的。姨婆笑嘻嘻地问，想姨婆了呀。我使劲点点头。谁知，奶奶在一旁说，是想吃糖哩。奶奶真坏，一下子就把我的心思说出来了。

这个姨婆，早年丧夫，住在河滩边一个小房子里。院子里种了梅花，冬天，一院子清香。姨婆很爱干净，穿一件藏蓝色袍子，短发，用黑色的发箍拢在后面。

姨婆有个儿子，是个教书先生，我们叫他四叔。有一天在讲课，突然晕倒在讲台上，不过四十来岁，送到医院已经死了，是突发脑溢血。姨婆哭得死去活来。那几年，姨婆消瘦得厉害，头发也白了。奶奶去看姨婆，也不带上我。奶奶说，要在姨婆家过夜，和姨婆说说话。再这样下去，姨婆说不定活不了。

幸好，后来姨婆又好了起来。四叔的学校，发了姨婆抚恤金，一个月几百块。还有四叔的媳妇，也安排到学校里上班，领一份工资。姨婆的眉头略微舒展了些，人也不像从前那样消瘦了。

我们长大了些，去姨婆家，姨婆往口袋里给我们塞糖时，晓得推辞婉拒了，但心里其实还是想吃糖的。姨婆呢，不管我们如何推辞婉拒，照例把我们两个口袋塞得满满的。

再后来，奶奶过世了，姨婆这样的老亲也不怎么走动了。有时我妈说起姨婆，小时候顶疼爱我们，心中一凛，想自己真是负心，竟一次也没去看过她老人家，人就是这样自私淡漠。有一天，我妈说，姨婆去世了。我只是问了一句，姨婆年纪多大？我妈说，八十五，也算高寿了。

要说心中一点波澜也无是假的，毕竟小时候姨婆疼过我们。毕竟，生命中有一段时光，与姨婆很亲，走得很近。但是长大了，我们像小鸟一样飞出去，再也没有飞回来，不知姨婆有没有念起过我。

听说姨婆晚年是很孤独的，一个人住在河滩边的小房子里。仍旧在小院里种了蜡梅，仍旧很爱干净。

如果不是那些糖果，也许我早就忘了姨婆。人实在很奇怪，一个人记忆中甜的部分，一直存在；吃过的许多苦，却早就忘记了。

3

婆婆患有高血糖，吃什么之前必定问一声，甜不甜？甜的东西，她一概不吃。茶几上的水果堆得烂掉，婆婆也不捡一个。

至于糖，更是敬而远之。

不过好像也没什么关系，还有木糖醇，可以代替糖。但是木糖醇的甜，和真正的糖的甜，有着明显的区别。木糖醇的甜一吃就是假的，浮在水上的，轻描淡写的甜。糖的甜，可以甜到一个人的心坎里。

婆婆那一代的人无法想象，有一天，不缺油，也不缺糖了，身体里的脂肪、糖分储存得太多了。

就像现在的孩子也无法想象，炒菜只放一颗铜钱那么大的油。吃半颗糖，裹在糖纸里，下一次再吃另外半颗。

物质的极大富足、丰盛，取之不尽，用之不竭，再也不必节衣缩食，忍饥挨饿了。可是一切有了富余之后，身体走向了一个反面，储存的糖和脂肪太多了，高血压、高血脂、高血糖等，俗称“富贵病”。

原来富贵也是一种病。

小时候可不是这个样子的。我小时候，蹲在杂货店柜台边，眼巴巴地看着那一罐水果糖，馋得口水都快要淌下来了。

杂货店的那个老板娘，名字叫金娜，是个胖女人，不过心地很善良。有一次，我偷偷拿了柜台上的一颗糖。金娜发现了，没有责备我，只是蹲下身子对我说，下次，不准自己拿，想吃，就跟姨说一声。

我羞得满脸通红，当然再也没有下次。有时，一句善意的话，一个善意的举动，会改变一个孩子的一生。

现在的孩子，不太有馋嘴的。什么东西吃不到呢？

可是我的小外甥，一来我家就抱紧糖盒。

“舅妈，可不可以吃一颗糖？”

“可以啊。”

他笑嘻嘻地剥开糖纸，把糖塞进嘴里。吃完糖，竖起手指，冲我神秘地说：“不准告诉我妈妈哦。”

“为什么？”

“妈妈不让我吃糖。”

小外甥的妈，对孩子苛刻严厉，吃糖会蛀牙，当然不准吃。一颗也不行。

小外甥一见到糖，就变得很馋。越是禁止吃的东西，越是想吃。敞开肚子吃的，倒不爱吃了。小外甥吃饭，他妈简直求着他吃，每天变着法子做菜，可是他吃两口就不肯吃了。

小外甥他妈发了愁，有什么法子可以让这孩子喜欢吃饭？

我觉得，还是因为没有饥饿感，人只有有饥饿感，吃东西才会香。

不信饿上几顿试试？

现在的孩子太有的吃了，小祖宗一样供着，反而走向了另一个反面——得了厌食症。想想也是，一天到晚好吃的好喝的，有什么稀罕嘛。

没有人稀罕吃糖了。并不因为糖的滋味变了，实在是嘴巴吃高级了，再好吃的东西，也觉得不过如此。

那天去逛商场，在门口看见有人在做手工糖，那种一股一股绞成彩虹形状的，切成一颗一颗，装在玻璃罐子里，犹如一只许愿瓶。一颗颗五彩的糖，犹如一个个五彩的愿望。

瞅着好看，买了一罐回来。尽管那罐彩虹糖，只是一件摆设，从未吃过一颗，但是只要看着它，就觉得满满的都是幸福的滋味。

4

接下来终于要说到那只糖罐了。

在我小时候，我家有一只糖罐，是我妈结婚的嫁妆。我妈结婚的嫁妆少得可怜，两只樟木箱，一只马桶，几个绸缎被面，两套衣裳，还有的就是热水瓶、脸盆、水杯和糖罐了。

我家的糖罐，是一只玻璃糖罐，平时结了糖霜，邋里邋遢的。刷白了，这才显出好看来，白底红花，浮凸的花纹。

小孩子是不懂得欣赏器物之美的，只晓得从糖罐里舀糖吃。喝白米粥，从罐里舀一勺糖。一碗糖粥，赛过世上所有的美味。

童年对糖有着痴迷与贪恋。那时候，糖是珍贵的，许多吃食舍不得用糖，只用糖精。譬如爆米花，加一勺糖精，可是糖精到底不是糖，吃到后头，有一种苦味。

糖的甜，是纯粹的，清香的，融化在水中，微微荡漾……童年的我，顶爱吃糖。我妈把糖罐子藏到碗橱顶上，我够不上，只好搬了长凳，再叠一只小板凳，爬上去偷糖吃。糖罐子摔了下来，一地的碎片。我妈听到响声，拿了一把扫帚，先着急打我一顿，也不管碎片有没有扎到我。

那时候，一只糖罐子，对我妈来说，比扎破一点皮来得要紧。皮扎破了，抹一点稻草灰，三五天就好了。要是一只糖罐子碎了，要花钱买一只新的。

小孩子不长记性，刚挨了打，我妈递过来一碗白米饭，拌一勺糖，糖很快融化在米饭里，米饭甜津津的，吃到嘴里，脸上又笑嘻嘻的了。

还有糖茶。毛脚女婿至家里，泡一碗糖茶，毛脚女婿咕咚咕咚喝下，抹一下嘴，甜到了心坎上。

我不晓得孩子她爸第一次登门时，我妈有没有泡一杯糖茶。仿佛并没有，我记得当年我妈扭头就进了房间。

那个毛脚女婿，并不入她法眼。因为实在长得太瘦了，一米七的个子，只有一百零几斤，比我还轻两斤。想当初，我还是个小胖妞呢，我妈一心想让我找一个身材高大、魁梧的男朋友，仿佛这样的男人才是可以托付终身的。

后来，孩子她爸下了班，买菜到我家，进厨房烧饭烧菜，我妈也不好意思赶人家走，只好添了双筷子，让他坐下吃饭。

再后来，孩子她爸名正言顺地“登堂入室”，要是哪一天加班晚归，我妈就伫立在门口张望。丈母娘看女婿，越来越欢喜，果然如此。

孩子她爸也不辜负我妈的期望，从一个一百零几斤的瘦子，变成了一个一百二十六斤的“胖子”。问到诀窍，当然是顿顿吃肉。只要食堂有红烧肉，就打红烧肉吃。吃胖还不简单吗，瘦才不容易。

至于我妈有没有泡糖茶，我就不得而知了。

也许是泡过的，有一天我妈趁我不注意，泡了一碗糖茶也未可知。

但孩子她爸并不知我们村的习俗，也不知道喝了糖茶的含义。他一定觉得有些奇怪，今天的水怎么喝起来甜滋滋的。

只有从我们村子里长大的人，才明白一碗糖茶的含义。

有一天我读张兆和给沈从文发的一封电报：

乡下人喝杯甜酒吧。

当即就觉得那一杯甜酒，就是我们村的一碗糖茶。

现在，上了年纪的老妇人招待客人，仍旧会泡上一碗糖茶。老妇人以为，世上最甜蜜，最暖心的就是那一碗糖茶。

如果你来我们村，喝到一杯甜茶，请你咕咚咕咚一饮而尽吧。你要明白，那是最盛情的款待，最隆重的礼仪。

当然，你也会明白幸福的滋味。

幸福就是抱一只糖罐。

/ 山中日月长

1

我坐在阳台上看雨。雨是从山那边的云里飘过来的。起先是一朵，然后是两朵，三朵，万千朵。我看见这些云飘着飘着，忽然就变成了雨，犹如树叶变黄，果子成熟。自然界的一切，都是那么奇妙。

雨中有万物。有山，有水。山是苍山，水是绿水。有枯枝上的新绿，有屋顶上的青草，有岩石上的苔藓，亦有刻在溪水之上——那潋滟的花纹。

寄宿的那户农家，依山造了一座别墅。大红色的墙砖，天蓝色的罗马柱，掩映在一片苍山绿水中。那水是喧嚣的，绕过几块大岩石，冲过一座坝，形成一处小瀑布。白练似的横陈在两座大山之间。中午抵达时，一走进房间，发现有个大阳台，主人说这是最好的一个房间。阳台上放了一把躺椅，两只天蓝色的陶瓷墩子上搁着茶杯和茶壶。阳台的天花板是玻璃做的。天气好的夏夜，可以看到满天的繁星。雨天沏一壶茶，坐在躺椅上听雨声亦是极好的。

一个下午我独自坐在阳台上。喝一壶主人送上来的茶。那茶是山上一种名字叫作“绿叶桑”的植物晒干之后冲泡的，有淡淡的苦味，回味起来又有一点甘甜。说是可以去火。那植物的清香，从舌尖直抵内心，眼前仿佛豁然开朗。再看那起伏不定的山，此刻也安静下来了。所谓的静心修为，大概就是这样子，一个人远离红尘，寻一处寂静的居所。过一段与世隔绝的时光。

那从山水中参悟的禅，似乎更有一种诗意。雨声裹挟着梦境，万籁俱寂中，天地间只剩下一阵嘈杂的窃语，宛如一个人在对另一个人说着悄悄话。不远处的群山，渐渐消隐在一片白茫茫的云雾之中。

山上的光阴清静却不寂寞。晚上自有好酒好菜招待。溪水中捕的鱼，放了红辣椒和笋干，煮得汤汁浓稠，吃到这鱼我才晓得做啥鱼羊为之鲜。还有一只炖得烂熟的老鸭，也是放了笋干。凉拌笋干，笋干炒毛豆，笋干烧肉，简直是笋的宴席。那笋都是极鲜的。春天时从山上采的笋芽儿，晒成笋干，一直吃到第二年，仍是吃不完呢。主人的妻子抿了一口杨梅酒，浅笑着告诉我。她长着一双丹凤眼。虽然已经是两个女孩子的母亲，却一点也看不出年纪。

她身旁放着一方素色方巾，方巾上搁着一只青瓷小酒碗。她既是厨娘，又是善饮者，千杯不醉。但到底喝得有点多了，醉意朦胧之际，她放下酒碗，轻舞水袖，宛如一个跌落人间的仙子。这时候我仿佛终于明白了这地方为啥叫作仙人谷。

还有那河对岸的峡谷，亦有个好听的名字，叫作仙龙峡。

2

我不大喜欢摩天轮、过山车、漂流，诸如此类的惊险游戏。但为着孩子，我忍着发麻的头皮去坐了摩天轮，钻了过山车，并且坐上了漂流的橡皮船。

起初我以为漂流就是坐在一艘竹筏上，看两岸青山画卷似的从眼前展开。可是在将军关或者仙龙峡这样的地方，显然没有这样的诗情画意。那里处处都是激流险滩，加上人工开凿和布局，算得上是一个冒险胜地了。每年夏天，我几乎都要被孩子“挟持”着去玩一趟漂流。山上空气森然，风景秀丽，尚未来得及赞叹，已经到了码头上，只好穿上救生衣，扛了木桨，硬着头皮坐上橡皮船。

好几次途中，我都看到有人翻了船。由于船只太多，工作人员放行速度太快，一艘船还来不及下去，另一艘已经又下来了，两艘船撞到了一起，于是双双翻了船。有时是意外。一艘船上的人，不知怎么起了促狭的心思，用木桨去袭击别人的船，受到袭击的人（多半是妙龄女子），罩在船底下。幸好各处都设有救生员，马上就被救了上来。那被救上来的女子，只是笑着朝促狭鬼反击。可是我心中仍是害怕。

孩子们不怕。他们雄赳赳、气昂昂，好像奔赴梁山的好汉。而手中拄着的那只木桨，似乎又像是丐帮的。总之他们身份不明，可无疑都是勇士。只有勇士才这样的无惧无畏。有时候我真是羡慕孩子们，他们未吃过人世的苦头，不晓得天高地厚。

这一次去的是仙龙峡。一条幽深而狭长的大峡谷。天空也是幽深而狭长的，显得又深又蓝。若是纯粹来看风景，我一定会快乐地大声尖叫。然而，我发现我已经尖叫起来了。孩子奋力划着木桨，橡皮船到了一个陡坡。闭上眼，让小船飞。小船“嗖”的一下飞了出去，重重地掉在一个深潭里。我睁开眼睛，看到孩子举着木桨欢呼雀跃。

我不由得仰天长叹，原来你们就是仙龙峡上的小仙龙啊，那么妈妈一定是凡人喽。不过有了孩子，凡人妈妈也只好奋力长出一双翅膀来了嘛。因为有了孩子，有时候就需要飞呀。

这飞行的游戏，并不轻松，也不好玩。水花溅到我的近视眼镜上，啥也看不清了。再说手中的木桨形同虚设，小船总在原地打转。于是孩子抗议：“妈妈，要顺着一个方向划。”果然，那小船如有神力，一下子蹿了出去。来到一个黑黝黝的洞口。天哪，这一回得在黑洞里飞。突然间老妈脸色煞白，幸好那洞里暗无天日，孩子一点也没觉察。

“妈妈，够刺激吧。”惊魂未定，孩子仰起小脸问。孩子，你不晓得妈妈已经吓得两股战战，嘴唇都哆嗦起来了。可是嘴角往上一弯，给了你一个笑颜：“真是好玩极了。”

天底下的妈妈，大概都会这样。明明自己恐惧着，可是只要身边带着孩子，就装作一副天不怕地不怕的样子。孩子，你赐予了妈妈一颗胆大丸。生你的时候妈妈不怕；过马路时妈妈不怕；遭遇危险和困难的时候，妈妈也不怕。

对于妈妈来说，让一条小仙龙在仙龙峡飞起来，听着小仙龙的快乐的大声尖叫，无疑是一件幸福的事。可以陪伴着孩子一起大声尖叫，无疑是一件无比幸福的事。

小仙龙很快就会长大。拥有了自由飞行的能力以后，她不再需要妈妈陪她一起飞了。而妈妈，也将放手让她独行。只有离开妈妈，一个人去独行，才会使自己变得更加强大。

所以当女儿央求我陪她的时候，无论多忙，我都会挤出时间。陪着她一起慢慢长大。陪着她慢慢地走向远方，走到一个自由而辽阔的世界里去。

陪着她学会飞。

我的小仙龙，当你从妈妈身体里娩出的那一刻，就拥有了自由飞行的能力。你要相信自己的本领。那峡谷两岸，无限风光。只要涉过礁石和险滩，就可以到达河对岸的青青竹林。

亲爱的孩子，人生的旅途上亦有无限的风光。妈妈期待着有一天，你可以独自一个人，飞越万水千山，一一去发现与领略。

3

我居住的城市没有山，只有一座据说是酒瓶子堆积起来的假山——瓶山，这多少令人有点遗憾。有时候甚至想，要是像飞来峰那样，从别的地方飞过来一座山就好了。即使只有一座，也可以过一过瘾啊。不过一个小时车程之外的地方，几乎处处都有山。所以去看山，并不是一件难事。况且每年夏天都会去山中消夏避暑。有山的地方势必就有水，所以说是游山玩水。

山中日月长。即使是一株树，长得也要比平地上粗壮。那山里的孩子，脊背晒得乌黑，身后跟着一条黄狗，很是威武的样子。女儿起先看到狗要逃走，后来竟敢伸手去摸小狗的头了。再过几天，她跟着山里的孩子一起蹚到小溪里摸小虾、捉螃蟹。穿泳装袒露的一截后背晒得乌黑，亦是一副威武的样子。我不禁对她刮目相看起来了。

山里的夏夜，天上星星奇多。萤火虫从河对岸的草丛里飞过来，好像天上的星盏。女儿被这奇异的景象镇住了。她像发现了新大陆似的告诉我，妈妈，小王子说，当你仰望星空的时候，你会发现所有的星星都在欢笑。瞧，那一颗很小很小的星星，就是小王子的星球。

当我躲在房间里看书的时候，她风风火火地跑到楼下，有时去跟陌生人搭讪，有时跟着旅店老板去小溪中捕鱼。回来告诉我，那个大姐姐是杭州美院的学生。那些拇指大的石斑鱼，她趁老板不留意，偷偷地放生啦。吃饭的时候，她给我占座位。来了一拨新的客人，她急忙跑来跟我通风报信。有时候她在门口站着，跟隔壁的一个女孩子聊天。看起来很像个小大人的样子了。

她帮我冲咖啡，给手机设定闹钟。山居岁月，她几乎算得上是我亲密的伙伴和朋友了。有一次我的脚崴了，她甚至还帮我提行李。如果要到附近去转悠，她也总是很乐意陪我去，说要是妈妈不小心迷路了怎么办。我们走得并不远，顶多走到一个杂货店，买两瓶矿泉水，一只西瓜。回来一人一半，拿着勺子舀着吃。

有时候晚上也下楼去吃消夜，一人烤一条秋刀鱼。来烧烤的人很多，老板和他的妻子，还有一位七十多岁的老奶奶，一直在厨房里忙碌。看见女儿，老奶奶塞给她一只西红柿。她拿回来孝敬给我吃，说是妈妈看书辛苦，吃西红柿美容。

我的心为之一动，真不晓得那个刚出生时满脸皱巴巴的小东西，怎么转眼之间就成了小人精。也许不久以后，她就会飞出我的臂弯，去到遥远而陌生的世界。

那时，她还会不会记得曾经吹过的那一阵熏风，仰望过的那一片星空，以及静静地照耀在山岗上的那一轮明月呢。那山中的日月，会不会成为她记忆中一帧永不褪色的照片。

/ 一布一生

1

我喜欢布。贪恋它散发出的古老、悠远的气息。瓦蓝的天空，鱼鳞似的屋檐底下，祖母坐在古老的纺车前，轻轻摇动纺锤。她哼唱着古老的歌谣，和着纺车的调子，雪白的棉布一寸一寸地长出来，变成匹，变成卷，变成春天的袍子和罩衫。

那时的我，不过四五岁，在江南一个名字叫“李家埭”的村庄里。一幢青砖瓦房，祖母纺纱，我坐在一旁的木脚桶里。天空澄净，偶尔有云彩飘过，飞鸟飞过，日光移动，月光走过。轻盈的棉布在村庄上空舞动。

温暖、柔软的棉布，是平民的公主。她们从棉花变成棉纱，再纺成布，变成藏蓝的袍子、春天的夹衫，经历了万水千山。祖母穿的袍子，斜襟、袖子宽大，新的时候还有点硬邦邦的，洗过之后，穿得久了，与肌肤相亲，渐渐变得柔软，散发着好闻的气息。

棉布吸汗，小孩子总是跑来跑去，经常出汗，风一吹，十分容易着凉，穿尼龙、丝绸都不舒服，唯独穿棉布最妥帖。我缠着祖母给我做一件袍子，也要斜襟的，藏蓝色。祖母说，小孩子家，穿那么素干什么。祖母照例自己纺布，用的是桃红色的棉纱，纺出的布，桃花一样灼灼。祖母替我做了一件袍子，袍子上绣了一枝绿色的藤蔓，开出粉白、细碎的花朵。

那一年，高中毕业的堂哥鼓捣相机，替我拍了一帧照片：我剪了童花头，穿着那件桃红色的袍子，坐在一张木头凳子上，大眼睛里充满对世界无尽的好奇。我总疑心那一帧旧照是一个梦。谁能告诉我，那亘古的光阴去了哪儿？祖母和那个小女孩，去了哪儿呢？

我的祖母，一生的时光几乎都坐在纺车前，仿佛她为了纺布才来到这个世界上的。她纺的布，穿在一家人的身上。大的穿旧了，改一改，给小的穿。这些布纺完了，儿子长大了，有了孙子，孙子也长大了。她的一生也就快过完了。

祖母纺了一捆上好的棉布，米白色，藏在衣橱里。晴天，她把棉布搬到水泥栏杆上晒。我很好奇，问祖母，这些白布为什么不裁剪来做衣裳？祖母说，小橘子，现在还不行，等到娘娘死的那一天，就可以拿它做衣裳啦。

原来，那是村子里的老人在世时为自己准备的白布，又叫老布。等到有一天，尘归尘，土归土，她要她的儿子、孙子，穿上那一袭白衣，送她最后一程，与她永诀。

那时，我不知死为何物，祖母说，死就是去一个很远很远的地方，并且再也不回来。

我听了祖母的话，心中惊惧起来，拽着祖母的胳膊大哭，我不要娘娘死。娘娘，你答应我，永远也不要死好不好？祖母冲我慈爱地笑了，郑重地点点头。

祖母的笑容，那么淡然、从容。安抚了一个稚童的心。

祖母的小儿子死了，和老婆吵架，喝农药自杀。祖母的抽屉里，还藏着一本小叔叔的日记簿。祖母并不认识字，嘱咐我一字一句地念给她听。念到“某年某月，与某人喝酒，借一块钱”，祖母着急起来，到底是谁借给谁，那一块钱，后来有没有还？

令祖母更着急的是，天很快就黑了下来。她招呼我把日记簿收起来，放进抽屉里，帮她收棉布。

那时候，岁月悠久如亘古的落日。

很多年以后，我才知道，这世上每一个人都会老，都会死。悲欢苦乐，任谁都无法躲避。

我惊讶着乡村一个平凡的老妇，对人生看得多么透彻豁达。祖母摊开手中的棉布，仔细地抚平上面的每一个折痕，掸掉灰尘，不允许棉布上落下一个细微的污点。

当有一天离开尘世，她要这份洁白，就像她朴素的，洁白的一生。

那些棉布晒了又晒，祖母的手臂也越来越衰弱，搬一捆棉布，要休息上好一会儿，有时，她会停下来，静静地眺望一会儿远方。有时，祖母俯下身子，把脸贴在棉布上，闻太阳的香，她眯缝着眼睛，流露出深深的眷恋和沉醉。

2

我爱棉布，爱她的贴身舒适，爱她的吸汗，爱她自然的馨香，爱她细碎的小花。确切地说，我迷恋碎花棉布。那些叫不出名字的星星点点的小花，单纯，热烈，娇柔，美丽，像一个秘密花园，吸引着春天的访客。

棉布压在樟木箱子里。有一天翻箱倒柜，找出几条棉布裙，玫红、湖蓝、鹅黄、月白，美若云裳。尺寸小得出奇，是谁的呢？我暗暗想。冷不防发现妈妈站在我身后，她蹲下身子，抚摸着裙子上的褶皱，一脸陶醉和怅惘。原来，那是妈妈的裙子呀。原来，妈妈也曾是一个纤瘦而美丽的女孩啊。

也许每一个女孩子，都曾迷恋、醉心过一块美丽的布。

记得小时候我穿的衣服，都是镇上裁缝店的宋师傅做的。宋师傅那家店的柜台上，码着一捆又一捆花布，墨绿、粉红、淡紫，开出细碎的花……简直一步都挪不动了，拖着妈妈去店里做裙子。要那种墨绿的底色，开出芍药来的——做成棉布长裙，拖到脚踝上，走在铺着青石板的小弄堂里，一条弄堂都闻得到芍药花的香气。

第一次晓得女孩子穿花裙子是这样好看。

后来妈妈去城里，一定托她买裙子。可是妈妈买回来的裙子，有时候是雪纺的，有时候是打着百褶的，有时候是垂着流苏的，太时髦、太富丽了。

有一次，妈妈买回来一条铁锈红的棉布裙，我简直喜欢得不得了。洗了等不及干，就收下来穿在身上。后来穿得旧了，磨得白了，有了光阴的味道。

旧光阴里，男孩子给女孩子的聘礼，是几块布。记得堂姐夫第一次去堂姐家，捧了几块布，用牛皮纸包着。堂姐夫把那一份礼物放在八仙桌上，偷偷瞥一眼堂姐。堂姐眼神清澈、神情欢喜，脸上飞了一片云霞。

大伯朝南坐着，神色威严，如同审问犯人似的审问堂姐夫。那一幕，仿佛仍在眼前。过年时见到堂姐，一下子没认出她来。堂姐才比我大四五岁，看起来已经是个苍老的妇人了。她拉着我的手哭诉，说堂姐夫在外面有女人，在家里冷着脸，不跟她说话。如果不是为了孩子，真不想和他过下去了。堂姐说到这里，抹了一把眼泪。

她穿了一件黑色滑雪衫，脸色憔悴黯淡，再不复那个容颜俏丽、神情欢喜的女孩子了。我替堂姐感到悲哀，替那几匹布感到悲哀。彼时，曾那么珍重地许诺。现在，他却变了心，不记得那一日初相见，她也曾玉貌朱颜，素心如面。

花影乱，莺声碎，碧云暮合空相对。只因春去也，飞红万点愁如海。怎不叫人黯然心碎？

那几匹布，终是在光阴里旧了，轻轻蒙了尘。

写《天才梦》的张爱玲说，对于不会说话的人，衣服是一种语言，随身带着的一种袖珍戏剧。张爱玲亦爱棉布，宽袍大袖，甚至有一次还把祖母的一床被单拿来做衣裳。“仿佛穿着博物院的名画到处走，遍体森森然飘飘欲仙。”

布，是女人的姐妹。似水年华，锦绣未央。一块布最好的时光，就是一个女人最好的时光。一块布蒙了尘，就是一个女人蒙了尘。一块布千疮百孔，就是一个女人的心千疮百孔。

隔着旧光阴，我看见那个十八岁的女孩子，从一株开花的树底下走过。她的眼神里仍有火焰在跳动、闪烁。

3

买了一条布裙子，咖啡和墨绿的格子。素净、淡雅，一见即是倾心。仿佛走了很远的路，寻寻觅觅，在这里忽然遇见，只是轻轻说一句，原来你也在这里。对于喜欢的人，喜欢的物，就是这样痴心和贪恋吧。

那条布裙子，与一条墨绿色的棉服搭起来穿，别有一种风情。

那天去吃饭，打了一部车，等了很久都没等到。打司机电话，那个司机说，马路边站着的一个女人，穿了裙子，长得很漂亮，是不是你？回首一看，原来司机就在我身后。上了车，不觉窃笑。这个很漂亮的女人，说的是我呀。

想来都是那一条棉布裙的功劳。

说起棉布裙，从前我是极爱的。中山路那一家旖旎的店，有许多布裙子。那个老板姓刘，是个画家，他设计的裙子，有一种盎然的古意。墨绿的棉布上，绣了桃红的花朵，藏青里斜出白色的枝。穿上那一条棉布裙，走在大街上，是要叫所有的人都回头朝你看的。

布裙子，就是有这样古典、雅致，有倾城之美。一个迷恋穿布的女子，也许迷恋的不过是那一份古典、雅致的情怀。一笑倾人城，再笑倾人国，多好。

我有一个女友，一天换三套衣服，花蝴蝶似的飞进飞出。旁人对她嗤之以鼻，她却一点也不顾忌旁人的目光。爱衣成癖，那一点沉溺的欢喜，旁人又怎么懂得？

爱到深处，一定是疯疯癫癫、痴痴迷迷。要不然怎么会有花痴、情痴？世上最美好的事情，无非是有喜欢的东西，可以与之恋爱的人。

偏爱棉布，那月白的旗袍，藕色的长裙里，藏着一个民国的低眉女子，温柔，婉约，清冽，美丽。大红与墨绿，龙与凤，缠枝莲。轻舞水袖，虽没有一个观众，那一份爱怜与欢喜，却仍盈满了心头。

人生的织锦繁华无非就是这样，守着寂静的流年，在一堆姹紫嫣红的棉布之间，慢慢地老去。

这样老去了亦是优雅的呀。

三十六岁了，不再浮华，亦不再人来疯。然而仍醉心于旧时光的爱恋中。只愿与君相知，淡然安好，过余生的日子。想来那余生——因了寂静的棉布，便也是风轻云淡的吧。

你若欢喜，便是晴天。只轻轻地说出这一句，似裂帛之声，在她耳边轰然炸开，那碎屑里亦有金石的铿锵。

布看似柔软，内心却绝不柔顺。不然又怎么会匹配那个叫干戈的男子?

那个穿布袍的民国女子，见了他，就变得很低很低，低到了尘埃里。可是，她最终仍是决绝地给了他一个转身，再也不欲与他发生半点关系。

我们曾定下过美丽的盟誓，你若不能给我静好和安稳，我便离去。虽然离开你以后，再不会爱上别的男子。我将只有萎谢了。

从此世上再无良人。碧海青天，唯有一个人黯然伤心呢。你问我后来有没有想起过你，你问我今生今世真的再也不与你相见了吗。我告诉你，没有，绝不。

那一种凛冽之美，令女人击节。亦是赏给世上负心男子的一记耳光。

那天去中山路逛一家店，看到一款雪青色的袍子，一见倾心。一问价钱，要卖七百块，太贵了，没舍得买。可是回到家里就后悔了，恨不得立马返身再去买。终究没有去。那一点克制与忍耐，亦是随着年龄而生长出来了。

那件没有买下来的衣服，就像那个得不到的恋人，令人念念不忘。然而世上还有一件令人惦记的东西，有一个可供想念的人，终究是幸福的。

4

我迷恋蓝印花布。这是江南的布，从一抹水色里开出的花朵，温柔、羞涩，宛如江南的女子。

布是用靛染的。“靛”这个字，多么美。靛的前生是一种植物：蓝草。五月，蓝草收割了，砌了池子，加入石灰沤蓝草，用一根长长的木棒，搅蓝草几千下，撇出水，就成了靛。幽蓝的靛，蓝得发紫的靛，散发着璀璨的光泽，等待着她的情人，一匹白色的布。那一匹白布，在入缸染色前，须浸泡在清水中，直至浆料变得柔软。把浸好的浆布卷成空心状，放入染缸。靛与白布，在一场华美的爱情中，拥抱、交缠，终于变成一匹匹美丽的蓝印花布。

当蓝遇见白，一场江南的雨就落了下来。雨声中，我走在乌镇的青石板路上。一艘船，从石拱桥底下穿过，船上的女子，穿了蓝印花布的旗袍，轻轻哼唱着小曲儿，巧笑倩兮，美目盼兮。几百年的光阴，从水波上飞快地掠过去。

那一朵白花，漂浮在小桥流水里，幽深、狭长的巷弄里，一盏茶袅袅的热气里，以及幽蓝的时光中。当蓝遇见白，当我遇见你，当思念的弦，悠悠地唱起来。我的心，不知怎么忽然一热，眼泪快要流淌下来。

也许前世我是染坊的女子，大红大绿穿得厌掉了，今生，偏要那一份素净。我以为纵然再华美的颜色，亦比不过那一份素净的白。白马入芦花，银碗里盛雪。白得似有若无，若即若离。白天不知夜的黑。

至于蓝，是星空的蓝，大海的蓝，蓝得无边无际，蓝得似一个梦……还有深蓝、浅蓝、藏蓝、宝石蓝……有一年端午，去参观一个蓝印花布展，看到摆在角落里的几盆兰草，据说丰同裕染坊（漫画家丰子恺祖上开的染坊）里的蓝印花布，就是由这蓝草染的。

那染好的布匹，挂在墙上，是行云、流水、一艘艘争相竞发的龙舟，一个个锦簇的花团。明明是这样安静，不知为何，却令人心中忽地一动，忍不住惊艳赞叹起来。我想那个穿着蓝印花布旗袍，走在青石板路上的女子，亦是一顾倾人城，再顾倾人国呀。

蓝与白，就是我的素年锦时。

我只晓得，对蓝印花布有一种特别的迷恋。蓝得那么澄澈、宁静、悠远、淡然，犹如旧光阴。

犹记得旧光阴，曾有过一条蓝印花布的旗袍，腰身极窄，勾勒出身体的曲线。

那天，我在秀洲路一家名字叫“君子兰”的美发店做了头发，烫成小小的卷。就这样施施然从秀洲路走到中山路。马路对面，那个人笑嘻嘻地走过来。

一颗心宛如沉醉在春天里。

春心萌动，是在几时？仿佛已经是很久的光阴了，为了那个人，坐了火车，大老远跑到一座陌生的城市里去。可是碰了一鼻子灰，那个人说，吃了饭，我就送你回去吧。吃的是什么都忘记了，只记得眼泪止不住地淌下来。

可就是喜欢他呀，有什么法子。

譬如我喜欢蓝印花布，总是买了又买。有一段时间，几乎屋子里到处都是蓝印花布，沙发垫、桌布、茶几布、空调罩子，甚至被子也是用蓝印花布做的。我近乎贪婪地嗅着蓝印花布的气息。那素净、淡雅的花朵，令一颗心安静下来，并且感到温暖、妥帖、自在和欢喜。

人生有什么比自在和欢喜更要紧？

5

去一个女友家里，看到她的窗帘，是用一块米白色的亚麻布做的。午后的时光，坐在小沙发上，用乌金茶壶泡一壶红茶，琥珀色的茶汤，盛在白瓷的茶碗里，清澈动人。

美是什么呢，我们谈论着。我想了想说，美是目之所及，一切令你感到顺眼、舒服、自在、愉悦的东西。譬如透过白色亚麻窗布的那一束光；摇曳在玻璃窗上的绿影；夏日的蝉声、蛙鸣和荷塘月色；冬天凋零的落叶，植物腐败的根系，涂满雨水和月光的老房子，断壁和残垣。

美是天真和自然。那个名字叫萍萍的女孩子，吊梢眼，黑皮肤，初看，一点也不美。及至她跟你说话，那天真的嗓音，可爱的神情，不知不觉就吸引住了你。又有一天，她穿了藏蓝色的袍子，抱了一束雏菊，施施然穿过闹市，你不禁赞叹起来，呀，真美。

美是个别。大概有点心气的女子都愿意自己是个别的。万花丛中一点绿。在混沌的日子里，也绝不媚俗，不随波逐流，清新，淡雅，自由而从容。

比如张爱玲。她也是爱衣成癖。自己剪了布料，照着喜欢的式样裁剪，穿起来不管别人说闲话。无论爱情还是文字，她都是个别，绝不和别人重样。她是女子的传奇。

又譬如那个写诗的女子余秀华。她写过一首给老亦的诗——《当我爱你时，我曾怨恨我的不完美》。她在诗中写道：“一家朴素的老茶馆/面目朴素的你/皆为我喜欢/你的胡子，昨夜辗转的夜色让我忧伤。”

她笔下的那个女子多美啊，她“从未放逐过自己”，她要“她的身体和心一样干净”，她一直等着，是为“等他年暮，等他灵魂的火焰变为灰烬”。那几乎透明的，不含杂质的爱恋，多么美啊。

女友喜欢穿袍子，衣橱里除了袍子，还是袍子，仿佛民国里跑出来的人。那天，她的脖子上挂了一块老绣片，玫红、湖蓝、翠绿、明黄，各种绚丽的色彩交织，要多艳就有多艳。她把那块老绣片捧在掌心上宝贝似的向我们炫耀。绣片底下，竟然还拖曳着长长的流苏——麻绳拧的。我们笑她可以去卖鱼。

女友刚从马来西亚浮潜回来，脸晒得黑黝黝的，可是身上有一股古典、怀旧的气息。她穿梭在古典与现代两个世界里。一半是海水，一半是火焰。

美的女子，身上有一股清冷的味道。内心却有烈焰在燃烧。

小镇上有一个女子，成天穿一件花布衣裳，黑发如瀑布披散下来，鬓角插一枝野花，有时是海棠，有时是芍药。她是一个疯女人，却依然是美的。

听说她年轻时爱上了一个男人，父亲嫌弃那个男人穷，不同意，她非要跟那个男人在一起。父亲一怒之下，把她沉到河里，拖起来时，就疯掉了。

因为爱，所以成了痴。那个女人，与我那个爱布衣成癖的女友，本质上并没有什么不同。

因为爱，所以美。情到深处无怨尤。爱了这么多年，什么都不要，只要你。唯独你，才是医治我的药。爱是毒，纵使毒发身亡，也不管了，顾不得了。那个小镇上的女子，中了爱的毒。我那个女友，中了布衣的毒。

俗世的女子，大多总是在乎皮相、服饰之美，也有一些女子更在乎灵魂之美。

有一次，和文君、草白聚在一起闲聊。文君说，一个人修炼到一定的境界，在外表上是无须太过刻意的。纵使穿着布衣旧衫，内心也一样自在圆满。

在不断地修炼中，我们可以把自己的内心修成一勾弦月，清冷，寂静；也可以修成一轮圆月，皎洁，华美。可是无论何种姿态，都不矫情、不造作。

须知天底下那个独一无二的人，就是你自己呀。

6

喜欢布包包，背的包包几乎都是布制的，尤其喜欢那种帆布的，又结实、又耐用。可以塞好多东西，书、话梅、水杯、电脑、钱包，还有化妆水和小镜子。

说起背布包包的历史，大约可以追溯到小时候。有一年，外婆去灵隐寺烧香，回来给我带了一个军绿色的布包包，上面画了一个雷锋的图像，我把它拿来当作书包。那布包包的带子很结实，有一个搭扣，扔在草垛上、水泥板上，一点脏都不会沾上，并且在村子里女孩子一堆花花绿绿的书包里，显得别提有多洋气了。

念师范时，买了一个牛仔包。淡淡的蓝，特意磨旧了。

背着牛仔包，坐车往返于学校和家，有一点洒脱，有一点不羁。有一次，在挤公交车的时候，被一个小偷割破了。后来再也没有找到相同的一款。

一件旧物，因为有了光阴的味道，于是成了心爱之物。一旦有一天失去了，就如同割舍掉了身上的一样什么东西似的。一颗心都变得空空落落的。

更遑论一段感情，一个人呢？

但世上有哪一件东西，可以让我们永远拥有呢？一个布包包，一件器物，甚至我们的躯壳，都只不过是暂时寄存于世间罢了。有一天，那个布包包、那些器物会坏毁，而我们的身体也会衰老、消逝。

一百年以前，这一条大街上走着的人都已经不在了；一百年以后，这一条大街上走着的人，亦不再是今世之人。啊，当我想到这里，忍不住蹲在街角哭泣。走过的人讶异地看着这个哭泣的女孩，以为她必定失了恋，或者遭遇了什么不幸。谁也不知道她如此悲伤，是因为有一天，世界会失去他们。

恋爱时，他送了我一个包包。大约之前做了很多功课，了解我的喜好，所以买了一个布的，烟灰色、质地很好。那时的我已经出落得亭亭玉立，穿白衬衣、蓝裙子，背了那个布包包，娉娉婷婷地穿过街市。一颗心脉脉含了情，所见之人之物亦皆是含情脉脉的了。

那个布包包令我暗暗喜悦了很久。小镇上再也没有这样文艺的女孩子了。有一天，一个同事笑眯眯对我说，那天在香樟树下看见一个高个子的男孩子，是你男朋友吧。心突突跳着，秘密被发现后，有一点惴惴不安，又有一点窃喜。

后来，恋情大白于天下。他开了摩托车来接我，有一个下雪天，租了一辆面包车，手里一束百合花，就那样玉树临风地伫立在雪地上。背了包包朝他跑过去，眼泪忍不住又掉下来。哦，我是那一年，穿了厚厚的羽绒衫、狗熊一样笨拙，却受到一个人宠爱的女孩。

那个烟灰色的布包包，用旧了、磨破了，仍不舍得扔掉。挂在柜子里，偶尔整理旧物的时候，仿佛仍能闻到旧时光的香气。呵，那淡淡的，若有似无的百合花香。

有一次去参加一个笔会，每人发到一个布包包。我想，以后若是有发布包包的笔会，我一定报名参加。背着那个布包包到处走，有点独行侠的味道。尤其是每人背了一个，一群包包党，行走于山水之中，画面颇为壮观。

去苏州，在诚品买了一个布包包。藏蓝色，大号，装得下一台笔记本电脑。那个藏蓝那么纯正，仿佛刚刚才染好，上面绘了一朵白花。我一下子就看中了它。

背着它，伫立在穿衣镜前，灯光下的那个女子，一双眸子水汪汪的，犹如春闺梦中人。而光阴慢腾腾地走着，不舍得走远。

光阴当然早就走远啦，那个背了布包包的小女孩，忽然变作三十几岁的妇人。但对于一件喜欢的东西，却从不曾轻易改变。对于一个喜欢的人，亦是如此。

7

一布一生。那天，去富润路送女儿上素描课，在拐角处看到一家布店，名字取的真是好。一布，就是一生。这也是一个与布痴恋的人吧。

推开那扇绿漆斑驳的门，沿着楼梯走上去，看见门上挂了一块米白色的布帘。掀开布帘，一个女孩子抬起头，刹那如见惊鸿。那个女孩子脸颊饱满，娥眉疏淡，恍若藏在深巷里的小仙女。

小仙女说，这里每一条裙子、衬衣，都是布做的。并且是手工缝制的呢。

那么，算起来一天只能缝制一两件吧。小仙女点点头。

一边与我说话，一边飞快地穿针走线。线是棉线，两根拧成一股，落在藏青色的棉布上，犹如日本刺绣。

那一块棉布上，绣着玫瑰、竹子、海浪、月光，也绣着岁月的幽深与宁静、繁华与富丽。

小仙女穿着自己缝的布衣，立领，铁锈红，盘扣，这样的古典优雅。茶几上的杯垫，也是自己做的。杯垫上放着陶瓷茶杯，盛着琥珀色的茶——“从前的日色变得慢/车，马，邮件都慢/一生只够爱一个人。”木心先生的诗，在这里是如此贴切。

也曾有过素年锦时。记得也有过一件铁锈红的布袍子，搭配着一双墨绿色的布鞋穿，分外好看。午后的旧光阴，和那个喜欢的人，坐在紫藤花廊下。那个人穿了一件白衬衣，洗得发白的淡蓝色牛仔裤。彼此悄悄望一眼，眉梢眼角满是喜悦。紫藤花的香气，绵绵不绝，仿佛可以一直香到时光尽头似的。

那个旧光阴里的女孩子，彼时在外地念书。有一次，返校提早了一天，一个人去城隍庙的地摊逛，花了十几块钱，淘到一件拼色棉布连衣裙。

晚上独自在寝室里，沐浴后穿上了棉布裙，一个人翩然起舞。一架老式电扇吹得呼呼响。棉布上的花朵，次第开放。待第二日寝室里的同学鱼贯而返，那个翩然起舞的人，早已安坐一旁。那棉布上的花朵，亦折好收起来安放在枕畔。

——现在的我，依然喜欢穿棉布，是那种略微宽松的，皱巴巴、松松垮垮的——像一只麻袋似的把自己裹在里面，又温暖又安全。裤子呢，必定要有抽绳——奈何人老珠黄，腰肢粗壮，只好遮蔽掩饰起来。

实则宽松的衣服，无论胖人瘦人穿了都会显得好看。摩尔有一家店，专门卖一些宽大的袍子，质地精良，纯棉，也有麻的，穿起来很飘逸。一直以为是个子高的女子穿了才好看，有一次试穿了一件，发现个子不高、略微有点胖的我穿起来，也另有一种味道，眉目间自有一种清新与欢喜。

——那是与一件心仪的衣服相遇的欢喜。

后来看三毛的照片，那个沙漠里的女子，亦是穿着一条宽大及脚踝的棉布裙，有一种小女孩的天真和倔强……大约、如果，那时候我有足够的勇气，也会跟着一个人去远方。

——那一条美丽的棉布裙，实在是一个少女最美的梦。

说起来惭愧，有时候仍旧觉得自己还是一个小女孩，恍惚于俗世。倾心于淡夏时节，那枝上将开未开的小碎花，譬如六月雪、蔷薇、月季，那印在棉布上的旧光阴，那素朴里的一点欢喜。

岁月静好，流年散淡。读书、写字、居家、过日子，光阴一寸寸在我的指尖里漏掉了。站在窗前的那个女子，有时发着呆，有时抬头看天边的云。

呀，一朵云落在窗台边搁着的那件棉布大花的袍子上，又兀自飞远了。

跋

乡居岁月：那一朵小花是哲学家

在城市里的时候，我的生活，是一地鸡毛。

当我回到乡村，我觉得，这日子还行啊，凑合呢，挺好的。有一天，忽而大大地惊叹：真好啊，每一天都闲适散淡，过自己想要的生活，简直就是《桃花源记》中的桃花源嘛。

故乡就是我的桃花源。乡居岁月，见山、看水、听风、做梦（白日梦）。每一个日子都弥足珍贵。

乡下有菜园子，有荷塘、天光云影。还有一群鸭，游弋在碧绿的水上（浮萍上）。

吹过来吹过去的旷野里的风。婉转的鸟鸣。

夏天，小鸟醒得早，叽叽喳喳，叫个不停。

南瓜花开得贼大，像擎着一只只大喇叭。

知了是最勤快的歌手，昼夜不歇，重复练习唱一支曲子。

还有风声、雨声，青蛙奏鸣曲，合成万物生长的声音。

是的，有这么多热闹的东西在，心就不会寂寞。

我家的鸡、鸭、鹅，雄赳赳气昂昂。尤其是鹅，走路昂首挺胸。大概鹅是世界上最骄傲的动物吧。只见它从鹅舍一路往竹林走去，引颈高歌，目不斜视，对我等闲人，一副“不屑”的样子，总之压根就没瞅我一眼。亏我还一路举着相机，气喘吁吁地追随它、跟拍它。

鹅蛋，好大一枚，足足比鸭蛋大两倍。雪白、椭圆，像一个艺术品。在审美上，白色给人以高雅感。譬如花朵，颜色艳丽的显得俗气。茉莉、水仙、百合、荷花，洁白芬芳，高洁脱俗，显得高人（花）一等。

乡居岁月，每天无非就是弄点吃的、喝的，一日日虚度光阴。

去菜园子里摘几根黄瓜、几个番茄、一只茄子、两条丝瓜。黄瓜凉拌，番茄炒鸡蛋，茄子手撕了炒一炒（手撕的茄子好吃，不知何故）。

再来一碗青笋丝瓜汤。青笋在滚水里泡了，洗净，切成段。丝瓜切成块。青的丝瓜，浮在白瓷碗里，翡翠似的。

一日三餐，布衣素食，清简度日。世上最好的光阴，无非就是这样了。

以自己喜欢的方式过生活。如此，人生才会充实、美好、快乐、幸福。

一个人是否真正快乐、幸福，不在于住多大的房子，有多少存款，地位、身份如何，而是每天吃得下饭，睡得着觉，心底踏实、自在、平和、喜悦。

滚滚红尘，大千世界，不知有多少人为了生计在摸爬滚打，忙碌奔波。

与其用半辈子的积蓄付首付，买一个“鸽子笼”，心甘情愿沦为房奴，余生为银行打工。与其每天过着“996”的生活，对上司时时小心翼翼，对客户赔尽笑脸，仍唯恐业绩不佳，被炒鱿鱼。心累、心塞、心酸、心寒，甚至焦虑不安、烦躁忧虑、郁郁寡欢，患上抑郁症。不如潇洒回乡下。大自然是最好的疗心师。那一颗千疮百孔的心，唯有在大自然的怀抱里，才能得到休憩和慰藉。

在大自然的怀抱里，你大可撕下伪善的面具，想哭就哭，想笑就笑。

那一株路旁的小花不会嫌弃你哭得太丑，太难看。相反，它会摇曳着身子，给你跳一支舞，轻轻地告诉你：没什么大不了的，草会枯，花会谢，那些不愉快的伤心事很快会翻篇的。

过去已去，未来未来，珍惜当下，好好生活。

太阳每一天都是新的。

每一天都是生命中最年轻的一天。

日日是好日。

每一个琐碎的日子都是良辰。

没错，那一朵小花是哲学家，它已经领会了世间的一切秘密。只是天机不可说破，要你自己慢慢去思考、体会、领悟才好。

“知止而后有定，定而后能静，静而后能安。”人一天天长大，一颗心日渐趋闹，却没有习得节制，美酒与佳肴，功名与利禄，索求无度。

这一颗心啊，生了嗔痴，起了贪念，有了虚妄，再不复初时澄澈清净。

心是道场，无论在深山，还是在闹市，只要一颗心安静下来了，处处皆可修行。

这修行，并非出家人专有，而是我们每一个人，于平淡琐碎的日常之中，修炼一颗柔软心、慈悲心、清净心、喜悦心，不为外物所扰，不为外物所动，不为外物所累。

每一个平淡的日子都会予人深深的慰藉。所以啊，让我们在日常生活中修行吧。

有一天，毅然决然地转身，回到乡下，在油菜花田旁筑一间农舍，过上自在、惬意的生活。

从周一到周五，每天睡到自然醒。

迎接第一缕曙光，送走最后一抹晚霞。

与燕子、麻雀、蝴蝶、蜻蜓、蜜蜂、青蛙成为亲密的朋友；看老燕衔来春泥，垒窝筑巢，雏燕呢喃学飞；倾听一场盛大的青蛙音乐会。

欣赏大自然这位伟大的魔术师怎样让一粒种子发芽、长叶、开花、结果，让一枚果子由青变红到弥漫着香甜、诱人的气味。

每一个果实都是在日复一日里自由长大的。

每一天光阴都是在日复一日里自由度过的。

这样的时光，缓慢而悠长，神奇而美妙。

直到有一天，感觉到周身的血液流淌、奔腾，神采奕奕，重新注满了活力。

不再委顿、彷徨、犹豫、不安。大步走在星空底下，快乐地唱着歌。

活着，是如此美好。与天地、万物、星河、宇宙、光阴一起，慢慢地老去。尽情享受自然赐予的美好和欢愉。

哪怕每一天都很平淡，也是快乐。

过简单的生活，吃朴素的食物，少欲望之心，多磨炼心性，也许有一天就会明心见性，自在、从容、安然且欢喜。

愈来愈迷恋这样的日子，心思恬淡，山长水远，人生并没有什么着急的事情。

人生有什么可着急的事情呢。如果可以倾听一朵花开，一阵鸟鸣，观一朵云、一滴雨。

亲近万物，观照内心，获得自在与安宁。

从滚滚红尘，回到乡居岁月。

从纷繁芜杂的喧嚣尘世，回到一个人本源的内心世界。